Comme enfant
je suis cuit

Comme enfant
je suis cuit

Jean-François Beauchemin

ÉDITIONS QUÉBEC AMÉRIQUE

329, rue de la Commune O., 3ᵉ étage, Montréal (Québec) H2Y 2E1 (514) 499-3000

Données de catalogage avant publication (Canada)

Beauchemin, Jean-François, 1960-

    Comme enfant je suis cuit
    ISBN 2-89037-946-9
    1. Titre.

PS8553.E17C65   1998   C843'.54   C98-940053-0
PS9553.E17C65   1998
PQ3919.2.B42C65   1998

Les Éditions Québec Amérique bénéficient du programme de subvention globale
du Conseil des Arts du Canada.

Le Conseil des Arts | The Canada Council
du Canada | for the arts
depuis 1957 | since 1957

Elles tiennent également à remercier la SODEC
pour son appui financier.

Il est illégal de reproduire une partie quelconque de ce livre
sans l'autorisation écrite de l'éditeur.

Dépôt légal: 1er trimestre 1998
Bibliothèque nationale du Québec
Bibliothèque nationale du Canada

Mise en pages: PAGEXPRESS

À Manon et Thérèse Des Ruisseaux

Merci à Daniel Defoe, Benjamin Constant, Philippe Haeck, Antoine de Saint-Exupéry, Henry David Thoreau, Paul Éluard, Paul Auster, Boris Vian, Julos Beaucarne, Hergé et Bill Watterson.

Mais il [Verlaine] ne passe pour tel que parce qu'il est un barbare, un sauvage, un enfant... Seulement cet enfant a une musique dans l'âme, et à certains jours il entend des voix que nul avant lui n'avait entendues [...]

Jules Lemaître, *Les Contemporains*,
« *Verlaine* »

La langue française est difficile. Elle répugne à certaines douceurs. C'est ce que Gide exprime à merveille en disant qu'elle est un piano sans pédales. On ne peut en noyer les accords. Elle fonctionne à sec. Sa musique s'adresse plus à l'âme qu'à l'oreille.

Jean Cocteau, *La Difficulté d'être*

♥

J'ai vécu le plus beau jour de ma vie au baptême de mon demi-frère Jules. À l'église au moment d'inonder le crâne du petit avec l'eau de sa cruche le curé Verbois tournait la tête dans tous les sens à la recherche de papa. J'ai dit vous fatiguez pas monsieur le curé. Mon père ne viendra pas aujourd'hui parce qu'il est mort il y a douze ans. Mais vous pouvez y aller quand même avec votre cruche puisque maman m'a nommé parrain pour compenser.

Le curé Verbois a regardé ma mère en ayant l'air de dire tout cela est-il bien chrétien ? Puis il a dit mais enfin cet enfant a bien un père non ?

Mais en souriant maman lui a fait signe qu'elle ne se souciait pas beaucoup de ce genre de détails et encore moins d'être en règle avec les chrétiens ni même avec Dieu. Ce qu'elle voulait c'était juste un prénom pour son fils. De mon côté comme parrain j'avais donné le titre de marraine à ma voisine Joëlle qui habite au rez-de-chaussée. J'ai dit au curé Verbois la marraine ici présente est d'accord aussi alors paré pour la douche du petit. Joëlle a souri à son tour et ça remplaçait plutôt bien la chorale et l'orgue que maman n'avait pas eu les moyens de se payer pour l'occasion.

Finalement mon demi-frère a tout pris sur le front et le curé Verbois a dit au nom du Père et du Fils et du Saint-Esprit je te baptise Joseph Jérôme Jules Des Ruisseaux. Ensuite le curé Verbois a prononcé un sermon très casse-pieds et autour de nous même quelques statues en ont profité pour piquer une sieste. D'autres levaient les yeux au ciel d'un air abattu et on devinait qu'elles n'attendaient que la fin du sermon. Derrière nous pour attirer les fidèles et parce qu'on était en plein été les portes de l'église avaient été laissées ouvertes. Mais finalement un moineau égaré le vent frais et un bruit de tondeuse ont été les seuls paroissiens à se pointer.

C'est moi qui avais choisi ce prénom Jules en l'honneur de Jules Verne que je ne connais pas mais qui paraît-il est un sacré génie. Ensuite venait mon propre prénom Jérôme que les chrétiens m'obligeaient bêtement à caser au milieu de la liste. Pour le Joseph on n'y pouvait rien non plus autrement on vous excommuniait ou quoi encore.

Pendant le sermon j'ai pensé un peu à Dieu. Je me disais quel culot ce type qui ordonne qu'on vous lance des cailloux si vous ne pensez pas comme lui. Mais personnellement ce qui me tape sur les nerfs ce n'est pas tant que les gens décident à votre place de ce qui est bon pour vous. De toute façon vous avez beau suspendre la photo de Dieu sur tous les murs de la maison vous finissez toujours par faire à votre tête. Non ce qui me tue ce sont les recettes. Toutes ces règles à suivre c'est d'un ennui. La vie est suffisamment barbante comme ça. Si vous en rajoutez en suivant le mode d'emploi dans la Bible et autres manuels de l'usager aussi bien vous jeter tout de suite sous les roues d'un camion.

À la sortie sur le parvis de l'église le ciel était bleu et Joëlle a lancé des confettis sur nos têtes. Maman et elle ont ri beaucoup et c'était joli à voir. Le curé Verbois nous souriait à tous les quatre et j'étais si heureux que je lui ai dit en lui secouant la main vos histoires de chrétiens c'est d'un ennui mais allez bonne journée quand même.

Puis maman Joëlle et moi on a pris à pied la route du HLM avec Jules dans sa poussette. Derrière nous les cloches sonnaient et ça résonnait jusque dans le fond des ruelles du quartier. En chemin des gens au chômage et en camisole sur leurs balcons nous saluaient gentiment parce que ce n'est pas tous les jours que vous déambulez dans les rues avec des confettis plein les épaules et les cheveux coiffés avec de l'eau. Il faisait si beau que pour une fois on aurait dit que la misère des gens de ce quartier pourri était partie en week-end. Bien sûr elle ne tarderait pas à rappliquer mais en attendant il fallait prendre la vie à bras-le-corps. Autour de nous des chats miteux circulaient en souriant doucement et quand ils se grattaient derrière les oreilles les puces virevoltaient avec le sourire aussi. À un moment j'ai levé les yeux et là-haut un avion supersonique faisait des loopings pour ajouter à la fête.

De retour au HLM Jules s'est mis à brailler comme un veau. Pendant que Joëlle le faisait patienter maman a sorti de l'armoire un peu de pâtée pour nourrisson. Une fois ce poison avalé frérot a souri de toutes ses dents à venir.

Parce que c'était jour de fête le soir maman qui pratique le métier de putain n'est pas sortie faire ses travaux sur le trottoir. À l'heure du coucher quand elle est venue m'embrasser sur le front j'ai encore eu une poussée de bonheur. En repensant à tous les sourires que j'avais vus dans la journée je lui ai dit dans l'oreille ce baptême c'était vraiment le plus beau jour de ma vie.

♥

Ce n'est pas que mon demi-frère occupe une place si grande. À huit mois quand vous avez fait cinq ou six fois par jour le tour de la cuisine sur les genoux vous retournez vous coucher et on n'en parle plus. Votre vie se résume à quelques cris quelques vomissements quelques dents qui font leur chemin dans vos gencives quelques assiettes fracassées sur le plancher et de temps à autre une casserole enfilée sur la tête pour épater la galerie. Mais si je parle de lui déjà c'est que les braves gens doivent toujours apparaître au début des histoires. Ça change des bandits qui arrivent si souvent en premier dans la vie.

C'était il y a seize mois. Un après-midi je rentre d'une balade sans crier gare et il y a ce type étendu sur le linoléum et sur ma mère. J'ai tout de suite vu que maman n'était pas de service parce que d'habitude elle ne fait jamais le trottoir dans le HLM. Pour une putain il est déconseillé d'apporter du travail à la maison. Ça crispe les voisins. J'ai dit à maman si tu veux me faire un frère faut pas te gêner mais même si je ne l'ai pas beaucoup connu je préférais papa à ce gars-là.

Ça les a un peu refroidis et le type a remis sa culotte.

C'est comme ça que tout a commencé pour Jules. À sa naissance même s'il n'était que mon demi je l'ai très vite accepté comme membre de la famille. Après tout mieux vaut avoir une moitié de frère bien vivant qu'un père complet mais tout à fait mort. Ça compense. Surtout que l'autre que j'ai surpris sur le plancher avec maman et qui aurait pu être mon demi-père ne s'est jamais repointé au HLM.

À mon âge il n'est pas bon de vivre sans son père. Mon père aurait été un guide sûr pour un type comme moi qui en est à l'étape de la sortie définitive de l'enfance. Bien sûr comme guide maman n'est pas mal non plus. Seulement avec la vie qui chaque mois lui envoie ses huissiers ce qui compte surtout pour elle c'est de payer le loyer.

Mais papa qui était un rêveur accompli aurait été pour moi un fameux guide. Les rêves vous freinent dans votre course vers la vieillesse et la mort. Grâce aux rêves l'esprit mâchouille longtemps ses brindilles allongé sur le gazon de la jeunesse. Alors avec un peu de chance au bout de la vie quand le corps achève sa chevauchée votre esprit cette boîte à rêver est encore à flâner en chemin. Vous pouvez crever mais votre esprit reste un moment à ramasser des cailloux sur la route. Vous mourez dans votre lit mais dans la pièce à côté votre esprit s'attarde sur les détails de la tapisserie.

En somme avec tous les rêves qu'il avait dans le crâne mon père aurait pu m'apprendre beaucoup. Alors peut-être qu'aujourd'hui je n'aurais pas déjà épuisé toute la ration d'insouciance qui vous est fournie au départ avec la naissance.

♥

Le soir où papa a eu son accident j'étais dans mon berceau à des kilomètres de là mais pourtant j'ai tout vu. Ce n'est pas que j'aie de don particulier pour voir les choses à distance. Seulement c'est à force d'être copain avec les chiens. Déjà dans le ventre de maman j'entendais leurs jappements et c'était beau comme une chanson. Depuis le temps j'ai dû devenir un peu pareil à eux. Les chiens ne sont pas les pauvres bêtes que l'on pense. Vous les croyez endormis et rêvant d'un gigot mais en vérité ils sont tout occupés à déchiffrer les signaux du télégraphe qu'ils ont dans la tête. Les chiens comprennent les choses mieux que nous. Ils ne se font pas de souci avec tout.

La plupart du temps ils sont joyeux surtout s'ils ont un facteur un camelot ou un laitier après qui aboyer tous les jours. Et puis ce sont de vrais copains. Je me jetterais à l'eau avec une pierre attachée autour du cou que le premier toutou venu plongerait à ma rescousse sans réfléchir. Trouvez-moi un homme qui ferait la même chose. D'accord les gens sautent tête première dans les rivières pour vous tirer de là mais jamais sans penser à la médaille qu'ils recevront une fois revenus sur la rive. Leur chemise n'est pas encore sèche qu'ils bombent le torse pour que le maire y épingle les décorations. Pendant ce temps vous crachez le dernier poisson puis vous rentrez seul à la maison. Les cœurs vrais vous les comptez sur les doigts de la main.

Ce qu'il y a de bien aussi avec les chiens c'est qu'ils ne parlent pas. La parole ne me dit rien qui vaille. Je préfère ce que racontent entre elles les bêtes en agitant les oreilles ou la queue. C'est un net avantage en comparaison de nos petites conversations d'humains. Le plus souvent les paroles vous conduisent à la guerre. Vous dites un mot plus haut que l'autre et tout de suite les gens placent une bombe sous votre lit. C'est une façon comme une autre de terminer la discussion. Mais je ne connais pas un chien qui vous morde les fesses sous prétexte que vous remuez les oreilles un peu trop fort.

Les chiens sont aussi de très fins observa-
teurs. Forcément puisqu'ils ne dorment jamais.
Toute la journée ils réfléchissent. Ils observent le
monde et la vie mais surtout en réfléchissant ils
vous observent. Jusque dans votre sommeil. À
l'époque où mon chien vivait encore l'ange du
sommeil me secouait parfois l'épaule la nuit en
me murmurant à l'oreille Jérôme ton chien
t'observe. Je m'éveillais et le chien était là
penché sur moi dans le noir à réfléchir comme
jamais. Souvent aussi je le surprenais couché sur
le flanc les pattes emmêlées les yeux fermés. Ce
chien vous auriez parié vos économies qu'il
dormait comme une brique et vous auriez tout
perdu. Il réfléchissait. Tous les chiens font cela.
À l'heure des repas c'est pareil. Vous leur refilez
un peu de ragoût sous la table mais même en
engloutissant le tout ils réfléchissent encore.
Vous sortez pour une promenade avec eux et
vous croyez qu'ils en profitent pour respirer par
les narines mais non. Ils réfléchissent. Les chiens
réfléchissent tout le temps mais à quoi allez
donc savoir.

Bien sûr je parle des vrais chiens c'est-à-dire
ceux qui font au moins un mètre depuis les
oreilles jusqu'au plancher. À moins d'un mètre
un chien n'est plus un chien c'est une motte de
gazon une chenille velue ou un castor. Et qui a
jamais vu un castor réfléchir?

Mon chien s'appelait Scotch. Papa qui aimait boire un coup trouvait que c'était un bon nom pour un chien. Mais à la façon dont cette brave bête vous suivait partout ce nom ça me rappelait plutôt la marque de commerce d'un papier collant.

Il ne se passait pas un jour sans que Scotch vienne poser son museau tiède sur mes genoux. Dans ces moments-là on aurait juré qu'il me disait me laisse pas tomber bougre d'humain. Ce chien c'était un vrai copain.

♥

Dans la seconde suivant la mort de papa deux anges sont apparus et l'ont soulevé par les épaules. Puis ils l'ont fait monter dans leur bagnole bosselée. Ils ont décollé et alors mon père a posé cette drôle de question pour un mort. Sur le tableau de bord il y avait un paquet de cigarettes alors il a dit excusez-moi ça vous ennuie si je fume ? Celui qui conduisait a répondu mais pas le moins du monde je vous en prie faites. Il était poli comme ça ne se voit plus de nos jours. Papa a pris le paquet et l'ange lui a tendu son briquet. À la première bouffée la voiture était déjà loin dans les nuages.

Une heure plus tard deux policiers arrivaient au HLM. Le plus gros a ôté sa casquette et a dit à ma mère bonsoir madame on est venus vous dire. Y'a votre mari qu'est mort tout à l'heure.

Je sais bien que pour la police annoncer des trucs pareils c'est le menu quotidien. Mais j'aurais préféré que ce crétin mette un peu plus de coussins autour de ses paroles. Ça aurait peut-être évité à ma mère ce tour de reins qu'elle s'est fait en tombant dans les pommes.

Au moment de la chute comme maman me tenait dans ses bras j'ai été transformé en boule de bowling et j'ai roulé jusque dans les jambes des deux policiers. D'abord le premier m'est tombé dessus puis par effet d'entraînement le deuxième aussi c'était donc un score parfait. Personnellement c'était la première fois que je mesurais à ce point le poids de la bêtise humaine et surtout policière. C'est ce qu'on appelle un traumatisme parce que depuis ce jour j'ai une difficulté de tous les diables à supporter l'autorité.

Nous étions encore tous les quatre couchés sur le plancher lorsqu'un des deux abrutis a dit à son collègue à mon avis faut remplir le formulaire en trois exemplaires. Mais à cet instant maman a repris conscience et ils ont dû retarder un peu la rédaction du rapport parce que son tour de reins la faisait tellement souffrir qu'ils ont dû la transporter à deux sur son lit. De mon côté j'essayais d'exorciser mon traumatisme en me défonçant les cordes vocales. Mais à ce moment vous aviez beau brailler à en percer le tympan de votre prochain vous perdiez votre temps. Déjà c'était l'absence de papa qui parlait le plus fort.

♥

Bien sûr avec les années maman a fini par passer à autre chose. Forcément puisque quand vous êtes mort on a beau sonner vous n'y êtes plus pour personne pas même pour vous-même alors imaginez. Après un temps dans votre boîte sous la terre vous n'existez plus que dans la mémoire des gens. C'est dire comme vous êtes fichu. Les gens n'ont aucune mémoire. Autrement comment expliquer que depuis le temps l'humanité en soit encore à répéter les mêmes bêtises ? L'homme des cavernes se croyait très malin la première fois qu'il a fait cuire son castor sur le feu qu'il venait d'inventer. Seulement tout ce que les gens ont trouvé à faire après lui et jusqu'à aujourd'hui c'est de foutre le feu à la maison. Mais enfin c'est pour dire que maintenant pour maman mon père n'est plus qu'un souvenir sans trop d'importance. Mais pour moi ce souvenir-là est encore si vivant que certains jours on croirait que papa va débarquer au HLM pour avaler un sandwich et lire le journal.

C'est une chanceuse ma mère. Pour la question de la mémoire elle descend tout droit de l'homme des cavernes.

♥

Au mariage de mes parents je n'étais pas encore né mais tout de même de l'intérieur du ventre de maman j'entendais tout je voyais tout. Évidemment j'étais encore ridiculement jeune à cette époque. Mais je me souviens de tout parce qu'en fait les souvenirs ont peu à voir avec la mémoire. C'est le corps qui retient tout comme une éponge. Par exemple vous enfoncez un clou et avec le marteau vous vous tapez sur les doigts. Vous avez beau hurler si ça vous chante à l'intérieur le corps prend note et classe son rapport dans ses dossiers et ces dossiers vous les avez sous la peau pour toujours. La preuve vous vous tapez sur les doigts et plus tard chaque fois que vous rencontrez un marteau vous tremblez comme une feuille. C'est la mémoire métabolique. Le corps est un fameux classeur tout rempli de traumatismes. Chaque recoin a son tiroir et tout est inscrit là-dedans. Pour certains ça peut toujours aller mais pour d'autres non. Par exemple pour papa ces souvenirs fichés dans son foie son estomac ses reins et partout ailleurs c'était trop alors il épongeait tout dans le whisky.

Devant l'autel c'est ma mère qui la première a dit au curé oui je le veux. C'était le même curé Verbois qui treize ans plus tard a baptisé mon demi-frère mais avec moins de cheveux et plus d'embonpoint. Au mariage il regardait avec des yeux comme ça le ventre de maman qui sous sa modeste robe ressemblait à un cargo à force d'être enceinte de moi à perte de vue. Sacré curé Verbois. C'est toujours dans ces moments-là que sa conscience de serviteur des chrétiens le chatouille le plus. Mais maman qui n'aime pas quand les choses traînent en longueur a répliqué au regard du curé Verbois en disant eh bien quoi c'est pour aujourd'hui ce mariage ? Papa de son côté a renchéri en poussant quelques jurons qui sont allés amerrir comme une pluie de cailloux dans l'eau du bénitier. Le curé Verbois s'est bouché les oreilles en grimaçant comme si on lui avait soufflé dans le tympan avec un trombone à coulisse. L'atmosphère devenait tendue mais le cérémonial tenait bon. Moi de l'intérieur j'écoutais tout et j'espérais que mes parents piquent une colère pour mettre un peu d'ambiance dans cette église où ni la chanson des moineaux ni le bruit des tondeuses ne vous parvenaient. Mais papa était trop ivre pour continuer sur sa lancée et maman parce qu'elle souhaitait aller au plus court a dit au curé Verbois de faire vite parce qu'elle avait un rôti sur le feu. C'était assez bien trouvé seulement sur le coup je me suis demandé si pour avoir menti dans une église ma mère n'allait pas être punie par le ciel en accouchant bientôt d'un enfant qui ne lui apporterait que des ennuis. Mais je m'inquiétais pour rien. C'est vrai que depuis ma naissance j'ai causé pas mal de tracas à maman mais je dirais que dans l'ensemble elle est plutôt contente de sa vermine de fils.

De toute façon j'ai compris quelques années plus tard que le ciel ne vous punit pas. Bien sûr il vous envoie des grêlons sur la tête mais en hiver seulement et encore il faut vraiment que vous ayez une sale gueule.

Finalement le curé Verbois a demandé à maman si elle voulait épouser papa et elle a dit oui je le veux. Elle bluffait comme un dentiste. Ce qu'elle voulait surtout c'était de ligoter la solitude pour de bon et ne plus jamais être seule dans cette vie de misère. Pour papa je ne sais pas. Je n'ai jamais su très bien ce qu'il avait dans le ventre mon père. Forcément puisque j'étais dans celui de maman.

Un mois après le mariage je naissais. On ne m'a pas consulté avant. À l'hôpital ils m'ont tiré par les cheveux et ça y était. On peut dire que j'en ai braillé un coup. Mais aussi tout cela sentait le traquenard. Pendant les neuf mois de la grossesse ma mère a essayé de me rassurer. Elle me chantait des berceuses. C'était louche. Vous n'essayez pas de rassurer les gens quand il n'y a rien à redouter au bout.

À un moment elle a voulu se faire avorter. Elle s'est levée un matin et elle m'a dit en posant sa main sur son ventre excuse-moi mon chéri. J'ai protesté en lui servant de l'intérieur quelques coups de pied dans les côtes. Ce n'est pas que je souhaitais tant que ça ajouter ma petite personne au reste de l'humanité. C'est plutôt que je voulais éviter à ma mère les remords qu'elle aurait pu avoir après le débranchement. C'est mon côté humaniste. D'accord avec les années vous devenez un peu aigri mais ce n'est pas parce que la vie vous envoie constamment ses obus à la tête que vous n'êtes pas capable de grands sentiments. D'une façon ou d'une autre vous avez beau vous terrer sous les pierres vous n'y échappez pas. Les grands sentiments ça vous colle à la peau comme une crêpe dans la poêle. À moins évidemment d'être aussi insensible qu'une tondeuse à gazon mais tout le monde n'a pas cette chance.

À la fin maman a renoncé à l'avortement parce qu'elle aussi au fond est terriblement humaniste. C'est dans la famille ce microbe. Mais si j'avais su je n'aurais peut-être pas tant insisté pour naître. Avant la naissance les choses sont plus faciles. Les jours d'ennui je me collais l'oreille contre le ventre de maman et j'écoutais et dans ma tête je voyais tout. Puis quand la rumeur et le spectacle devenaient trop barbants je passais à autre chose. C'est l'avantage de ne pas être encore né. On n'a pas de politesses à faire quand on veut quitter la table.

♥

Même si votre mère mène à terme sa gros-sesse la question n'est pas réglée une fois pour toutes. La preuve j'ai tenté au moins deux fois de me suicider entre sept et treize ans.

La première fois c'était à l'école. Mais comme au cinéma le directeur m'a décroché de la poutre juste avant le mot fin. J'avais passé des heures à étudier dans les bouquins comment faire un nœud qui vous pende un homme proprement. Le jour J au dernier moment un type arrive et vous décroche. Ça frustre. En pompant l'air un peu j'ai dit au directeur tu m'as sauvé la vie mais tu ne perds rien pour attendre face de rat.

La deuxième fois j'ai fait un plongeon en bas du toit du HLM mais en bas les pompiers m'attendaient avec leur coussin. C'était le soir à l'heure du souper j'ai pris ma casquette et en me dirigeant vers la porte j'ai dit à maman salut je vais me suicider. Depuis l'épisode avec le directeur de l'école ma mère était devenue méfiante. Pour désamorcer la bombe elle a dit très doucement mon chéri reviens terminer ta soupe. Moi qui ai le cœur d'une jeune fille et l'estomac d'un ogre d'habitude vous m'auriez dit ces choses-là sur un ton pareil et j'aurais rappliqué en moins de deux. Seulement c'était un de ces soirs où la vie à force de vous gonfler le cœur oblige l'estomac à se faire tout petit. Maman m'a tout de même laissé filer mais elle n'aurait pas dû parce que deux minutes plus tard j'étais assis sur le rebord du toit et je commençais le compte à rebours. En bas au bout d'un moment un type m'a aperçu puis je l'ai vu entrer dans une cabine téléphonique pour appeler les secours. Le gars n'avait pas encore raccroché que les pompiers tournaient le coin de la rue sur les chapeaux de roues avec leur échelle et leurs sirènes et d'un seul coup tout le quartier était sur le trottoir. Soudain parmi les curieux j'ai aperçu Joëlle et de la voir se déplacer comme ça juste pour moi j'ai été fichument touché. C'était un de ces soirs où un rien vous touche. Je me suis levé pour lui envoyer la main mais sous mes pieds la brique de ce HLM pourri s'est effritée. Trois secondes plus tard j'atterrissais sur le matelas des

pompiers sans une égratignure et sous les applau-
dissements du public.

J'étais encore étourdi quand le chef est venu me
remercier de lui avoir laissé le temps d'installer
son coussin gonflable. J'ai dit monsieur le pompier
je n'y suis pour rien. Là-haut j'ai dû recommencer
cinq ou six fois mon compte à rebours parce que
chaque fois qu'approchait le zéro la trouille me
remettait le compteur à cinquante.

Depuis ça va. Maman m'a fait comprendre
qu'une fois né vous ne pouvez plus vous désister.
Hélas il faut vivre.

♥

L e lendemain en passant devant un kiosque j'ai vu ma photo sur la première page du journal du quartier. On me voyait sur le rebord du toit les jambes dans le vide avec ce sourire idiot quand j'ai aperçu Joëlle. Sous la photo c'était écrit comme on crie dans un mégaphone à treize ans il tente de s'enlever la vie. Ce journaliste on comprenait qu'il avait bien fait son travail parce qu'en lisant ce titre les gens tout autour sortaient leur portefeuille et achetaient le journal en bavant sur leur chemise tellement le malheur des uns faisait leur bonheur. À un moment en m'apercevant par-dessus son journal un type m'a pris le bras et m'a dit mais ce jeune désespéré c'est toi non? J'ai dit pour être jeune ça je suis jeune mais pour la question du désespoir si ce journal fait ton bonheur ton compteur est encore plus près du zéro que le mien. Il m'a regardé d'un air bizarre et en replaçant son chapeau il est parti. Je n'ai pas eu le temps de lui dire qu'en fait ce n'était pas tellement mon désespoir qui m'avait fait grimper sur le toit mais plutôt le sien et celui de tous ces gens qui chaque matin se jettent sur le journal comme le lion sur le zèbre pour s'en faire un repas.

♥

Au bout de quelques années j'ai commencé à raconter mes trucs à maman. Je lui disais je me souviens de tout et parfois j'ai un sacré cinéma dans la tête. C'est à cause de la mémoire métabolique et aussi de cette parenté que j'ai avec les chiens.

Au début ma mère croyait que je délirais comme tous les enfants. Mais avec le temps il a bien fallu qu'elle se rende compte.

Un jour elle m'a emmené voir une sorcière. Une dame qui prétendait lire à l'intérieur des gens. Tu parles. Comme si l'intérieur des gens était un bouquin. Le plus souvent c'est tout juste si vous avez une table des matières. Ma mère voulait vérifier si j'avais un don ou quelque chose. En me fixant dans les yeux et en échange de nombreux dollars fournis par maman la sorcière a dit que j'avais vécu plusieurs vies avant celle-ci. C'est fou ce que les gens inventent comme conneries. Je ne me souviens pas d'une autre vie et pourtant j'ai une mémoire à fracasser tous les records.

À un moment j'ai cru qu'on s'amuserait un peu parce qu'il y avait ces cartes à jouer sur la table. J'ai dit qu'est-ce que vous diriez que tous les trois on se fasse un poker? Maman a répondu voyons mon chéri la dame n'est pas là pour s'amuser. J'ai dit moi à sa place avec tous les dollars qu'elle encaisse je rigolerais pourtant. Mais la sorcière a interrompu la conversation et m'a demandé de choisir une carte. En soupirant j'ai tendu la main vers le paquet. Elle a regardé la carte longtemps puis elle a frotté sa boule de cristal qu'elle a fixée aussi comme si c'était le billet gagnant de la loterie. Ensuite elle m'a fait boire un thé dégueulasse et dans les feuilles qui sont restées au fond de la tasse elle a encore une fois plongé son regard trouble. Cette fille elle examinait tout. J'ai dit pour en savoir plus sur les gens et au lieu d'inspecter tous ces machins vous devriez accompagner ma mère sur le trottoir un soir. Rien de tel pour connaître à fond l'homme de la rue.

Maman n'est pas du genre à cacher des choses mais quand j'ai prononcé ces mots deux poignards sont sortis à toute vitesse de ses yeux de mère pour me passer à un doigt des oreilles. Les poignards sont allés se planter dans le mur en faisant ptoïng et la sorcière qui prétendait pourtant avoir des rayons X à la place des yeux n'a pas bronché. Il faut dire que depuis une minute elle était entrée dans une sorte de transe. Vous auriez eu beau appeler eh oh ici la Terre ici la Terre me recevez-vous ? vous auriez juré avoir perdu à jamais l'équipage dans le cosmos. D'ailleurs c'était vraiment le genre à lire son destin dans les astres. Seulement on devinait qu'à force de se balader le nez en l'air à la recherche de son horoscope elle avait percuté quelques lampadaires. Avec le temps de voir si souvent trente-six étoiles le cerveau avait dû subir quelques vilains ratés.

Au bout d'un temps la sorcière a dit que j'étais un garçon pas comme les autres et que certains pouvoirs m'avaient effectivement été donnés par des esprits dont elle ne connaissait pas les intentions. J'ai tant ri que j'ai roulé sous la table. Un chat miteux qui dormait là et dont j'ai interrompu la sieste m'a griffé le nez avant de s'enfuir sous le sofa en feulant comme un atroce.

Au fond cette sorcière-là n'avait rien de sorcier. Seulement elle gagnait sa vie en vous faisant perdre vos dollars. En partant je lui ai dit je ne voudrais pas vous flanquer la frousse mais vous crèverez un jour et tout votre fric ne changera rien à la situation. Ma mère était un peu gênée et en me tirant par la manche elle a murmuré bon ça va mon chéri on rentre.

♥

Avant de mourir mon père a été déclaré zone sinistrée par le médecin. C'était à cause de sa cirrhose. Ça lui donnait mauvaise mine. Puis les fusibles ont commencé à lui sauter dans le cerveau. Le matin il arrivait au bureau et il insultait son patron. Un jour le patron s'est fâché lui aussi et papa s'est retrouvé sans boulot. Le patron a dit mon vieux vous buvez trop c'est mauvais pour les affaires. Papa a répondu tes affaires tu peux te les mettre là où tu penses puis il est sorti de ce bureau de comptables minable en zigzaguant un peu mais tout de même.

Et puis il y a eu cet accident et mon père est mort.

Au cimetière le jour de l'enterrement maman a pleuré parce que dorénavant j'allais grandir sans mon père. J'étais encore à l'âge idiot mais déjà les larmes des autres me ramollissaient. Alors j'ai voulu la consoler et dans ma poussette pour être solidaire j'ai braillé à mon tour.

Sur le chemin du retour elle marchait lentement et en se penchant sur moi elle m'a raconté cette histoire qu'elle a lue mille fois dans un bouquin de Saint-Exupéry. Ce type je n'en connaissais encore rien mais plus tard ma mère m'a souvent parlé de lui et de ses histoires d'aviateurs. Au HLM maman les lit souvent et à certains passages elle lève les yeux et son regard se perd dans la tapisserie. On devine alors l'émotion chez elle parce que la petite buée qui lui arrive dans les yeux l'empêche de voir la laideur de cette tapisserie racornie. Dans ma poussette j'écoutais maman qui ne se doutait pas qu'à cet âge déjà j'enregistrais tout. Après avoir beaucoup pleuré au cimetière elle me racontait son histoire comme on parle parfois à Dieu c'est-à-dire à personne. Elle me parlait d'un aviateur qui à minuit se lève et s'apprête pour son vol de nuit. Dans la chambre sa femme le regarde s'habiller enfiler ses bottes sa ceinture de cuir elle le regarde se peigner soigneusement. Elle lui demande c'est pour les étoiles que tu te fais beau comme ça ? Il répond non c'est pour ne pas me sentir vieux. Elle sourit puis elle ajoute je suis jalouse. Alors le type s'approche et embrasse doucement sa femme.

Je ne voudrais pas m'engluer dans la confiture des grands sentiments mais depuis ce jour j'ai toujours aimé le ciel et les étoiles. Pourtant les années me clouent le regard au sol et rien ne m'émeut aussi fort que le marteau-pilon qui fissure le béton du trottoir.

N'empêche je cherche une étoile dans cette fissure-là.

Le soir tombait. Éreintés par une rude journée de travail les derniers oiseaux se grouillaient pour rentrer chez eux. Autour de nous dans les cours mal entretenues les gens nous regardaient passer dans nos vêtements noirs et tous nous saluaient gentiment. Cette gentillesse ça vous donnait du courage. C'était comme si ces gens vous disaient allez ne vous en faites pas la mort on n'en meurt pas.

Au HLM en nous voyant revenir sans papa Scotch s'est mis à hurler dans l'air du soir pour dire à tous les voisins que son maître ne reviendrait plus. La nuit venue après avoir guetté pour rien son retour il s'est endormi finalement comme on retourne le soir dans les banlieues.

♥

Le lendemain ma mère prenait la relève comme putain. Mais aussi son secrétariat ne suffisait plus pour nous nourrir le chien elle et moi. Encore une fois elle m'a expliqué tout cela comme si j'avais l'âge d'entretenir la conversation mais il faut la comprendre. Aujourd'hui encore maman parle beaucoup parce qu'elle n'aime pas le silence. C'est que le silence ne se déplace jamais sans sa belle-sœur la solitude. Ces deux-là vous rentrez le soir à la maison et sans qu'on les ait sonnés vous les trouvez installés à table ou devant la télévision comme deux indésirables.

Avant d'être enterré au cimetière ce n'est pas que mon père comblait beaucoup ce silence-là. Les rêveurs surtout quand ils sont ivrognes par-dessus le marché ne causent pas tellement. Ils sont trop occupés à chercher sous le sofa dans les armoires ou à la taverne les clefs de ce monde perdu d'où ils arrivent. Malgré tout ma mère préférait de beaucoup vivre avec mon père qu'avec ces deux indélogeables que sont le silence et la solitude. Papa au moins savait à l'occasion détendre l'atmosphère en nous racontant tous ces rêves qu'il avait sous la casquette.

♥

À l'école je n'étais pas exactement un cancre seulement j'étais toujours distrait par quelque chose. C'était plus fort que moi les chiens qui trottinaient dans la rue les autos le clocher de l'église les nuages tout attirait mon regard et m'hypnotisait. Bien sûr on me plaçait loin des fenêtres pour me court-circuiter la distraction. Mais qui a dit que les fenêtres étaient nécessaires pour être distrait ? Sûrement un maître d'école. Les maîtres n'ont jamais appris qu'il suffit à un écolier d'avoir vu une fois un chien qui trottine ou une auto ou un clocher ou un nuage pour se le reproduire à volonté dans le ciboulot. C'est un jeu d'enfant. À la fin le directeur m'a flanqué à la porte mais j'aurais tout laissé tomber de toute façon parce qu'il ne faut pas moisir dans les endroits où l'on s'ennuie.

Un soir dans l'autobus jaune qui me ramenait au HLM je me tourne vers le gars assis à côté de moi et en lui montrant mon sac je dis combien tu m'offres pour le tout ? En relevant ses lunettes il me dit quoi pour tout ça ? Je dis c'est ça les bouquins les cahiers les stylos et même le sac si tu veux. Le gars répond trois dollars je dis cinq et à l'arrêt suivant je débarque avec quatre dollars en poche. À la maison maman m'a fait une scène mais au moins la journée n'était pas complètement perdue puisque j'avais réussi à donner un sacré coup de pied dans les rotules de l'ennui.

Le lendemain en me voyant arriver les mains dans les poches et sans les livres le directeur m'a convoqué à son bureau. Ce bureau on voyait que c'était du sérieux. Quand un type a une plaque avec le mot directeur sur sa table vous évitez les familiarités. Il m'a fait asseoir et en fermant les yeux et en joignant les mains sous son menton comme pour prier il m'a demandé Jérôme est-ce bien vrai ce que j'apprends ? Tu aurais cédé tes manuels scolaires ? Pour quatre dollars ?

Vous ne résistez pas à un homme qui colle une plaque sur son bureau. J'ai tout avoué mais en sucrant tout de même un peu le citron. J'ai dit

oui seulement les dollars ont bien servi puisque
avec eux j'ai pu acheter tout un tas de biscuits
pour mon chien.

♥

Après mon renvoi maman m'a dit bon mon chéri l'école n'en parlons plus mais pas question que tu restes à ne rien faire pour autant.

Les mères ont toujours peur que leurs rejetons ne se fassent avaler par la paresse. Pour une mère la paresse et la malaria c'est tout pareil. Pourtant les paresseux pètent de santé. C'est que la paresse vous sauve de la crise cardiaque qui vous guette sitôt votre sortie de l'enfance. Les gens sont si pressés.

J'ai dit à ma mère mais nom d'un chien un homme peut bien ne rien foutre pendant un moment qu'est-ce que ça peut faire ? Mais elle a insisté et en boudant j'ai dit d'accord dans ce cas avec la mémoire que j'ai je vais écrire mes mémoires. Le jour où je crèverai d'une crise ça te fera un peu de lecture.

Je prenais mes airs de grand frustré mais au fond je n'étais pas frustré du tout. Il est bon de bluffer un peu et de jouer les victimes avec les mères. Ça les sécurise dans le rôle de pare-chocs et de coussin protecteur que la vie leur donne quand elles accouchent de nous.

En vérité même si je ne suis pas très doué pour la rédaction je ne déteste pas me servir d'un crayon de temps à autre. Les mots qui jaillissent des crayons sont plus justes que ceux qui sortent de la bouche des gens. Vous avez beau vous tourner la langue sept fois avant de parler ça ne produira le plus souvent que des sottises. Et bien sûr ces sottises-là vous causeront pas mal d'ennuis. Forcément puisque contrairement aux crayons vous n'avez pas cette petite gomme à effacer au sommet du crâne pour la censure.

Puisque j'avais tout vendu maman m'a racheté un cahier et je me suis installé dans l'escalier du HLM. Cet escalier c'est le seul endroit où l'inspiration me vient vraiment. Autrement quand l'inspiration frappe à la porte de l'appartement et que je lui ouvre elle fait oh pardon j'ai dû me tromper d'adresse mes excuses. Puis elle repart avec ses brosses et ses balais. Il faut dire qu'avec la tapisserie moisie sur les murs le frigo qui fait un boucan la télé plantée sur la table de la cuisine et le linoléum racorni n'importe qui en voyant tout ça prendrait ses jambes à son cou. D'accord l'escalier aussi est complètement crasseux. Mais c'est encore mieux que cet appartement impossible où nous nous entassons maman Jules et moi.

Et puis tout au bout de l'escalier il y a cette porte qui donne sur le toit. J'aime garder un œil sur cette porte-là. Parce que lorsqu'on débouche de l'autre côté on ne voit plus que le ciel et ses oiseaux légers et aussi beaucoup de vieilles bagnoles pilotées par des anges.

♥

C'est dans cet escalier que j'ai rencontré Joëlle. Quand Joëlle est née il y a douze ans sa mère est morte en même temps c'est dire comme on est presque jumeaux dans la mortalité. Pour sa mère neuf mois de grossesse ça pouvait toujours aller mais vingt heures d'accouchement c'était trop. À la fin c'est le médecin qui a dû lui fermer les yeux parce que les morts partent souvent comme ça en laissant la porte ouverte derrière eux. Personnellement ça ne m'étonne pas qu'à ces moments-là on soit un peu pressé de quitter le logis. Seulement vaudrait mieux verrouiller comme il faut derrière soi et ne pas laisser la clef sous le paillasson. Autrement avec toute leur

science et en cherchant bien les médecins fini-
raient par vous ressusciter. Surtout si vous avez
filé sans régler la facture comme la majorité des
morts.

Mais bon ce jour-là Joëlle était née et c'est son
enflé de père qui l'a ramenée au HLM entortillée
dans un drap d'hôpital.

Parfois dans l'escalier Joëlle est un peu nostal-
gique. Alors elle fixe les mouches collées sur le
plafond. En rêvant un peu elle dit bon Dieu
Jérôme comme ce serait bien de parler à maman.

Chaque fois quatre ou cinq papillons se mettent
à me chatouiller dans l'estomac. Je ne dis plus
rien. Je regarde le bout de mes espadrilles. Puis
Joëlle s'en retourne et pour décompresser je sifflote
quelque chose. Les papillons sortent de ma bouche
avec les notes et descendent jusque chez Joëlle en
se mouchant parce qu'eux aussi sont drôlement
tristes.

♥

Un jour Joëlle m'a dit qu'elle me trouvait bizarre mais qu'elle voulait bien m'épouser quand même. J'ai dit me marier moi t'es pas un peu débile? Elle a pleuré. Pour la décourager tout à fait je l'ai emmenée sur le palier des voisins du dessous qui justement s'engueulaient à mort depuis le matin. Je lui ai collé l'oreille sur la porte et j'ai dit se marier c'est bon pour les tarés la preuve. Je sais bien que le mariage n'est pas la seule cause de tragédie humaine mais rien ne sert d'en rajouter.

Joëlle a pleuré encore un peu puis ça s'est arrangé. Pendant une semaine elle ne m'a plus reparlé de noces ni de rien. Mais le huitième jour elle est revenue à la charge en ajoutant un peu de beurre sur la tartine. Elle m'a dit Jérôme et si tous les deux ensemble on faisait un bébé ? J'ai dit euh quoi ici dans l'escalier ? C'était une réplique assez stupide mais souvent dans le cerveau la stupidité précède l'intelligence à la ligne d'arrivée. Quelqu'un vous pose une question et dans votre tête le départ est donné. Vous voulez répondre intelligemment mais vous êtes cuit parce que la stupidité est déjà loin devant sur la piste. Et comme en plus elle connaît tous les raccourcis pour arriver jusqu'à votre langue ça y est vous dites une bêtise. Pendant ce temps l'intelligence reste derrière à renouer les lacets de son soulier. Mais dans son impatience Joëlle n'a pas attendu que l'intelligence arrive et d'un seul coup elle s'est jetée sur moi prête à devenir mère avant la fin de la matinée. J'aurais continué mais au bout d'une minute j'ai aperçu mon chien assis sur le palier qui nous regardait en réfléchissant comme jamais. Derrière les portes des voisins on entendait les enfants brailler. Je me suis levé et en reconduisant Scotch chez moi je me suis retourné et j'ai dit à Joëlle à mon avis dans l'histoire de l'humanité c'est la première grossesse interrompue avant même son début.

♥

Peu de temps après pour lui changer les idées j'ai demandé à Joëlle te souviens-tu du temps où tu flottais dans le ventre de ta mère? Sur le coup elle s'est payé ma tête et m'a dit bien sûr que non allons Jérôme. J'ai dit eh bien moi oui. Je le lui ai prouvé en lui racontant des tas de choses que j'ai vues et entendues avant de naître et surtout la noce de mes parents où j'étais invité incognito pour ainsi dire. Quand Joëlle a comparé mon récit à celui de maman elle a un peu blêmi à cause de la ressemblance. J'en ai rajouté en dévoilant d'autres faits divers que seule ma mère était censée connaître. Par exemple au mariage quand papa s'est écroulé dans les marches de l'église parce que juste avant la cérémonie il avait englouti une pleine bouteille de whisky.

Plus tard sous la fenêtre de la cuisine une dizaine de chiens du quartier sont arrivés et se sont mis à aboyer comme des choristes. J'ai pris Scotch avec moi et je suis descendu un moment les retrouver. En bas ces braves bêtes sautillaient autour de moi et pendant un temps j'ai lancé des canettes vides qu'elles me rapportaient à tour de rôle dans leur gueule. De la fenêtre là-haut maman et Joëlle nous observaient et je sais ce qu'elles pensaient. Toutes deux sont convaincues que suis un voyant ou quelque chose. Mais tout ce que je vois c'est la vie nom d'un chien.

♥

Une nuit j'ai vraiment flanqué la frousse à maman. Il était tard et elle rentrait tout juste du trottoir. En passant devant ma chambre elle décide de venir me donner un baiser sur le front. Elle s'attendait à me trouver bien tranquille entre les draps seulement je flottais à un mètre au-dessus du lit. Je dormais et ronflais en lévitant comme un dirigeable. Ma mère a crié si fort que je me suis éveillé et je suis tombé sur le matelas comme une pierre. En me frottant les yeux et les reins j'ai dit ouille non mais qu'est-ce que tu fous là maman ? Mais elle n'a pas répondu parce qu'après ce cri vous ne pouviez espérer davantage de vos cordes vocales.

Les chiens lévitent c'est connu. Mais comme être humain c'est embêtant d'être le seul à vivre des choses pareilles. Être une sorte d'extraterrestre parmi vos semblables n'a rien de drôle. Ça isole. Déjà que vous débarquez en solitaire du ventre de votre mère. Si en plus vous en rajoutez en foutant la trouille aux gens ce n'est plus une vie.

♥

Alors forcément vous devenez un peu délin-quant. Vous faites des conneries. Il faut bien signifier de temps à autre au reste de l'humanité qu'au fond vous êtes comme tout le monde.

À treize ans j'ai un dossier gros comme ça chez la police comme si j'étais le dernier des bandits. Une fois je pique deux cigares sur les tablettes du supermarché et la police m'emmène au poste. Plus tard je fais une bonne blague dans une banque avec un fusil en plastique. En moins de deux je suis cerné et des mégaphones me crient de partout de sortir les mains en l'air. Les gens n'ont aucun humour.

Une autre fois je manque d'assassiner un homme. C'était à la taverne où mon père avait l'habitude de venir se soûler. À un moment un type m'aperçoit et me dit sors d'ici p'tit con t'as pas l'âge.

Je n'aime pas qu'on me traite de p'tit con.

Je lui lance sa bouteille à la figure et un éclat de verre lui tranche la carotide. Le gars roule sur le plancher et ça fait partout de vilaines taches rouges. À la fin le patron de la taverne appelle les secours puis une ambulance arrive et ramasse le colis.

Avec son salaire ma mère a engagé pour moi un avocat souffreteux qui est venu faire son discours devant le juge. À ce procès un spécialiste en a raconté une bien bonne. Il a dit Votre Honneur cet enfant est coupable mais faut pas chercher de midi à quatorze heures pour comprendre Votre Honneur que c'est sa mère qu'est encore plus à blâmer vu le métier honteux qu'elle exerce Votre Honneur et que n'importe quel enfant subirait l'influence diabolique d'une mère comme ça Votre Honneur.

Moi je trouvais qu'il poussait un peu fort avec sa honte comme si son propre métier qui consiste à envoyer les gens en prison n'aurait pas dû le faire rougir jusqu'au trognon.

Pour riposter mais surtout parce qu'il ne savait plus quoi inventer mon avocat a dit au juge que j'avais manqué d'amour dans mes premières années. J'ai senti le besoin de dire quelques mots et je me suis levé dans le box. Je voulais bien faire comprendre à ces têtes de lard à quel point j'étais comme tout le monde. J'ai dit monsieur le juge comme s'il existait quelqu'un sur cette planète qui ait jamais eu assez d'amour dans ses premières années. D'ailleurs qu'est-ce qu'ils ont tous avec leur amour à la fin monsieur le juge ? Les gens vous disent l'amour sauvera le monde aimez-vous les uns les autres et autres bonnes blagues. Quand j'entends des choses pareilles je me tape les cuisses tellement je rigole. L'amour ne sauvera rien du tout monsieur le juge. Depuis l'homme des cavernes jusqu'à aujourd'hui c'est toujours la guerre et sa sœur la zizanie qui l'emportent. Et puis de toute manière qui a dit que l'amour était utile à ce point ? À mon avis du beurre sur le pain une mémoire métabolique plus silencieuse et un chien qui vous pose son museau sur les genoux suffiraient amplement. L'amour sauver le monde ? Monsieur le juge laissez-moi rire.

Après s'être retiré un moment pour réfléchir il est revenu pour me dire que j'étais gracié. Puis en me vouvoyant comme ça ne se voit plus de nos jours il a dit vous avez de la chance d'être aussi jeune autrement je vous envoyais réfléchir en maison de correction. C'était un juge drôlement humaniste et entre humanistes on se comprend. À la fin il a tapé sur son bureau avec un marteau en criant l'audience est levée et tout le monde s'est levé aussi pour sortir.

Dans l'ascenseur l'avocat qui avait voulu m'envoyer à la guillotine m'a jeté un regard mauvais. Pour répliquer j'ai dit pour un type qui prend la défense des gens vous avez une compréhension foutrement tordue de la nature humaine. Ce qu'il vous faudrait c'est la compagnie d'un bon chien. Encore que vous êtes sûrement le genre à confondre chien et castor.

J'aurais voulu continuer seulement les portes de l'ascenseur se sont ouvertes et maman a presque déchiré mon chandail à force de tirer dessus pour sortir. De retour au HLM elle m'a fait promettre de ne plus agir comme un idiot. Bien sûr j'ai promis parce qu'il faut être cinglé pour contrarier une mère qui vient d'engloutir autant de dollars pour vous sauver la peau au tribunal de la jeunesse.

♥

Le père de Joëlle s'enfle la tête parce qu'à part maman il est pratiquement le seul locataire au HLM à avoir un travail à plein temps. Je sais bien qu'il n'y a pas de sot métier mais personnellement je sauterais en bas du toit pour une deuxième fois si comme lui j'étais décrochisseur de clous à l'usine du quartier.

Un jour dans l'escalier pour entretenir le bon voisinage j'ai engagé la conversation. J'ai dit ce boulot dans les clous ça paye ? Le visage tordu par la hargne il a répondu en postillonnant à ton âge on parle pas des questions de fric et d'abord qu'est-ce que ça peut te faire sale morveux de fils de traînée.

Cette insulte fils de traînée il me la sortait toutes les fois qu'on se croisait dans l'escalier. Toujours en pensant à la santé du bon voisinage j'ai dit très poliment dans vos insultes j'aimerais un peu plus de variété. Les grossièretés ça s'use avec le temps et justement je trouve que celle-là a perdu un peu de son effet récemment.

Il fallait être fichument poli pour donner autant de munitions à l'adversaire. Seulement j'appliquais le vieux principe de maman qui me dit toujours mon chéri sois poli avec les gens intéresse-toi à eux. Parfois les mères en plus d'être des mères sont de sacrées psychologues. C'est le cas de maman qui sans avoir pourtant beaucoup potassé dans les livres s'est toujours maintenue au-dessus de la moyenne pour la question de l'intelligence. En naissant j'aurais voulu qu'elle me lègue un peu de cette intelligence-là. Seulement je n'ai reçu dans la tête à ma naissance que l'espace d'entreposage nécessaire. Il aurait fallu pour moi par la suite remplir les étagères mais lorsque pendant toute son enfance un type ne fréquente à peu près que les chiens que voulez-vous. Comme eux c'est plutôt l'instinct qui prend le dessus.

Dans l'escalier le père de Joëlle a pris ma politesse pour du bluff et j'ai reçu une baffe. Pour la baffe ça pouvait aller mais j'aurais voulu qu'il prenne au moins bonne note de mes efforts pour perfectionner le bon voisinage. Les gens sont d'une ingratitude. En regrimpant vers chez moi je me tenais la joue et j'ai dit espèce d'enflé tu peux retourner avec tes clous crochus dans ta saleté d'usine d'enculés.

Avec la politesse je n'ai jamais tenu très long-temps.

♥

Un jour dans une conversation avec Joëlle je dis quel type ce Saint-Exupéry. Je ne sais pas si Saint-Exupéry était si formidable mais ça se plaçait plutôt bien dans la conversation. C'est ennuyeux mais avec les gens il faut savoir converser. Personnellement je l'ai dit je préférerais ne pas trop ouvrir la bouche. Mais enfin il faut bien stimuler le dialogue de temps à autre autrement les gens s'ennuient en votre présence et il ne faut pas moisir dans les endroits où on s'ennuie. Moi pour parler je suis nul et chaque fois c'est l'ambiance qui fout le camp. Un jour pour compenser je donnerai à lire à Joëlle toutes ces pages que j'écris dans mon cahier. Ces foutus écrivains.

Chez eux c'est l'incendie et pour se faire entendre ils crient au feu dans les livres.

Pour m'inspirer j'ai demandé à ma mère tes copines et toi de quoi vous parlez avec les clients au bordel? En souriant un peu elle me répond oh mais de rien mon chéri. Les gens viennent et repartent c'est tout.

Puis son regard s'est perdu dans la tapisserie sur le mur. Ça m'a embêté parce que j'ai senti qu'elle souhaitait que le client lui en donne un peu plus. Maman est vraiment la seule putain que je connais qui en plus du fric demande au client de bavarder avant de s'en retourner. Ma mère c'est fou comme elle aime converser. Avec elle on ne s'ennuie pas mais elle serait pourrie comme écrivain.

♥

À huit mois de grossesse pour maman ça devenait nuisible de trimballer Jules dans son
ventre. C'est qu'à ce stade vous êtes plus nombreux que jamais dans la même personne. Postez-
vous à la porte d'un bordel dans un état d'attrou-
pement pareil et vous verrez. Pour une putain
impossible de gagner sa vie efficacement avec
l'Everest sous sa robe. La clientèle ne voit plus
que ça alors forcément les affaires diminuent. Ce
n'est pas que grosse comme un camion ma mère
devenait moins mignonne ou quoi. Seulement
quand une fille est enceinte ce n'est pas uniquement un bébé qui se construit sous cette robe-là.
C'est aussi une mère et quand l'homme de la rue

se rend au bordel c'est pour y trouver une fille et pas une mère en cours de fabrication.

Mais il arrive que la vie vous raye un instant de sa liste de gens à embêter et alors les choses s'arrangent un peu pour vous. Au moment où le salaire de ma mère ne suffisait plus il est arrivé cet événement heureux. Dans l'escalier au HLM avec ce ventre qui lui bloquait le paysage maman a raté une marche et le vol plané s'est terminé au rez-de-chaussée. En maugréant le père de Joëlle a appelé les secours et cinq minutes plus tard maman accouchait un mois trop tôt dans l'ambulance. Trois jours après elle est sortie de l'hôpital avec quelques ecchymoses sur les jambes et mon demi-frère Jules dans les bras.

Le lendemain maman reprenait le trottoir mais sans l'Everest sous sa robe. Dans la soirée elle est rentrée plus tôt que d'habitude parce que son salaire était revenu à la normale et sur la table il y a eu de la soupe chaude.

♥

C'était bien avant la naissance de Jules. Un soir parce qu'il faut s'instruire je décide de prendre maman en filature. À un coin de rue du bordel la voilà qui rejoint deux de ses copines putains aussi. Ce n'est pas parce que c'est ma mère mais nom d'un chien on ne voyait qu'elle. J'étais si fier que je bombais le torse et me gonflais les biceps. Encore un peu et j'arrêtais les gens à la porte des magasins pour leur dire vous voyez cette putain eh bien c'est ma mère.

Au bout d'un moment un policier qui passait par là me tape du doigt sur l'épaule. Il me dit cet abruti dis donc mon gars t'as rien de mieux à faire qu'à reluquer les prostituées ? Je réponds si c'était votre mère qu'était là vous aussi vous rateriez volontiers votre soirée de télé. Il dit quoi c'est ta mère cette putain ?

Vous mettez une matraque et une casquette de flic entre les mains d'un type et tout de suite il se croit le plus fort. Ce policier on voyait qu'il avait envie de tabasser son prochain. C'est le genre de chose que vous discernez chez les gens rien qu'à leur façon de vous regarder comme si vous étiez une langouste.

Personnellement ce n'est pas que je cherchais les ennuis mais il commençait à m'embêter avec ses questions. Comme je déteste la police et que la police déteste les putains j'ai dit non c'est ta femme espèce de fumier.

De l'autre côté de la rue maman qui a l'œil exercé avait aperçu le policier depuis un moment. Moi ce n'est que lorsqu'il m'a tiré par les cheveux qu'elle m'a découvert. À moins d'être un imbécile vous n'observez pas votre mère faire ses travaux sur le trottoir sans vous cacher derrière un poteau.

Des passants qui eux non plus n'aiment pas la police s'en sont mêlés. L'abruti a pris quelques coups sur le nez mais ses copains qui sont accourus ont un peu gâché la fête. De son côté ma mère a couru vers nous pour limiter les dégâts mais c'était perdu d'avance. Le panier à salade est arrivé et tout d'un coup la soirée était foutue.

♥

Au poste une sorte de détective à tête d'orang-outang a fouillé dans une armoire à la recherche de mon dossier. En le voyant revenir à notre table avec le dossier sous le bras maman m'a chuchoté à l'oreille en détachant les mots comme sur un formulaire en trois exemplaires surtout tu ne dis rien tu me laisses parler. Ma mère on devine qu'elle traverse une turbulence grave quand elle ne m'appelle pas mon chéri. Seulement je sentais que cette arrestation c'était encore une fois parce que j'avais fait l'idiot alors ça m'embêtait d'être réduit au silence. Et justement quand un homme est coupable vous ne pouvez lui refuser de dire un mot ou deux pour sa défense. Alors

quand le type s'est assis devant nous maman a
ouvert la bouche mais c'est moi qui ai dit monsieur le détective ce dossier faut pas vous y fier ce
n'était que des erreurs de jeunesse. En souriant
mais d'un côté de la bouche seulement parce que
dans l'autre il y avait cette cigarette il a dit ah
ouais ? Et quel âge as-tu mon gars ? J'ai répondu
treize comme on répond soixante et j'étais content
parce qu'il a ri franchement des deux côtés cette
fois. La cigarette tenait bon grâce aux dents qui
retenaient le tout. Sur sa chaise maman a voulu
ajouter quelque chose mais j'ai enchaîné autrement l'orang-outang aurait perdu sa bonne humeur
et l'ambiance aurait chuté sous zéro. Règle
numéro un quand un flic s'amuse il faut saisir
l'occasion. Un sourire sur un visage de policier
c'est comme une fleur sur un tas de fumier ça rend
la vie plus respirable. J'ai dit c'est comme pour ma
mère ici présente. À la maison il y a ce chien qu'il
faut nourrir et quand vous faites un mètre des
oreilles jusqu'au plancher vous n'avez pas trop du
salaire d'une putain pour vous approvisionner en
biscuits et autres casse-croûte. Et puis cette mère
vous et vos collègues vous devriez lui foutre la
paix sur le trottoir. Avec papa qui dort depuis des
années sous le cimetière maman de son côté ne
peut plus se permettre le secrétariat.

En apprenant que maman n'avait pas de mari
le détective a changé d'air. Il s'est penché un peu
vers elle et en appuyant ses coudes sur la table il

s'est mis à lui faire des politesses. Seulement ma mère n'est pas uniquement mignonne et veuve elle est aussi rudement intelligente. En un éclair elle a compris que pour nous éviter à tous les deux d'être condamnés à casser des cailloux dans une mine il valait mieux répondre aux flatteries de ce grand singe. Alors elle s'est mise à être polie avec le détective à faire la pute quoi. Mais parce que je suis le fils de ma mère j'ai vite compris moi aussi et sur le coup ça m'a tapé sur les nerfs de penser que maman pourrait s'accoupler avec la police. Ce n'est pas que je voulais saborder le navire mais en les voyant tous les deux se conter fleurette au-dessus de mon dossier j'ai dit à maman si tu me fabriques un frère avec ce gars-là c'est tout le HLM qui croira qu'on a trouvé un bébé orang-outang dans les bois.

En entendant ça et pour nous donner une leçon le détective a décidé de nous faire moisir dans une cellule toute la nuit. Au petit matin il nous a relâchés puis maman et moi on a pris le chemin du HLM. Maman n'a rien dit de tout le trajet parce qu'on sentait qu'en elle la turbulence faisait encore ses petits ravages.

À la maison Scotch qui croyait avoir été abandonné par nous s'apprêtait à se pendre à une poutre. Mais en nous apercevant à la porte il s'est mis à sautiller autour de nous comme une bête. À la fin maman a craqué et en sortant de sa turbulence elle s'est assise sur le plancher avec nous. On a ri et aboyé tous les trois en se roulant sur le linoléum et le soleil en entrant par la fenêtre de la cuisine s'en est mêlé aussi.

♥

Quand je pense à papa et surtout à sa disparition j'ai le moral dans les talons. Heureusement pendant longtemps après la mort de mon père j'ai eu ce bon Scotch avec moi. Ça console. Papa et lui se sont bien connus parce que l'un avait trouvé l'autre entre les poubelles d'une ruelle un soir de déprime terrible. Ils ont tout de suite fraternisé. Cette nuit-là papa est rentré au HLM avec le chien à ses trousses et un kilo ou deux de désespoir en moins. À partir de ce moment vous auriez voulu les séparer qu'ils vous auraient mordu.

Le soir où mon père s'est fait ramasser par les anges le chien a fait une crise terrible. Au plus fort de l'attaque sa langue s'est emballée et ça lui a fait tout un nœud dans la gorge. Les chiens sont comme ça. D'accord avec leur truffe humide ils ont toujours cet air un peu demeuré mais dans leur tête la marmite chauffe au maximum. Ce n'est pas que cette tête-là abrite beaucoup d'intelligence. Forcément puisque c'est la gentillesse qui occupe toute la place. C'est ce qui fait que les chiens ne sont pas toujours très populaires. Les gens disent les chiens sont idiots ils mordent aboient bavent pissent sur les poteaux les parcomètres et les gazons. En vérité ces raisons-là en cachent une autre qui est la gentillesse. De nos jours la gentillesse n'est plus très prisée. Pour être dans le vent vous devez plutôt faire preuve de férocité. C'est la mode bien entendu mais c'est aussi la façon la plus sûre de vous tailler une place dans ce monde pourri où on ne vous demande plus que de travailler travailler travailler. Quand les gens trouvent normal de passer plus de temps à besogner qu'à être gentil les uns envers les autres vous pouvez dire sans vous tromper que vous vivez une triste époque. Les chiens ont compris cela. Ils regardent les gens courir comme des cinglés à l'usine ou au bureau et la langue leur pendouille jusqu'au plancher tellement ça les essouffle. Et bien sûr qu'ils aboient mordent bavent et pissent sur les pelouses. C'est leur façon à eux d'attirer notre attention. Quand vous connaissez pour deux sous les chiens vous comprenez vite que ces petits gestes-là signifient en fait non mais ça va pas dans la tête bougres d'humains ?

Ce soir-là maman aussi a eu la gorge nouée. D'accord elle n'était pas exactement folle de mon père. Mais lorsque la vie vous déclare veuve sans crier gare ça remue. Ça donne la frousse aussi. La mort traîne toujours dans son sac un petit miroir. Un soir elle frappe à votre porte et tout juste après les présentations elle vous montre le miroir question de vous rappeler que votre tour viendra.

Maman n'a pas beaucoup dormi cette nuit-là. Cette nouvelle de la mort de papa ça ajoutait à l'atmosphère minable du HLM. Le sommeil n'est pas venu pour moi non plus surtout qu'au-dessus de mon berceau de vilaines corneilles en complets sombres tournoyaient en chantant de leurs voix rauques des rengaines à faire peur.

♥

À certains moments je donnerais tout pour re-voir mon père. J'ai dû attraper ça de Joëlle. Un jour pour me consoler elle me dit avec tes dons tu devrais essayer de communiquer avec lui dans l'au-delà. J'ai dit primo j'ai pas de dons et deuzio à ton âge si tu crois encore à l'au-delà moi je suis Saint-Exupéry.

Mais elle y tenait et en moins de deux elle me traînait chez elle pour invoquer les esprits.

Dans sa cuisine j'ai joué la comédie parce que de nos jours les gens sont d'un sérieux. Mais aussi vous apprenez en naissant que tout au bout de l'avenir la mort vous attend avec ses farces et attrapes débiles. Mourir est une poudre à éternuer et je ne connais pas beaucoup de gens qui rigolent lorsqu'ils ont ça sous le nez.

Joëlle en tout cas n'a pas ri lorsque après m'être concentré très fort j'ai simulé sous ses yeux une discussion avec papa. Pour en rajouter j'ai pris la grosse voix de trépassé que la puberté me laisse parfois dans la gorge. Les nerfs de Joëlle ont flanché. Elle a crié puis ses cheveux se sont mis au garde-à-vous. Ça fait toujours plaisir de voir que la frousse est un sentiment ressenti par d'autres que soi. Ça rapproche. Tout d'un coup j'étais drôlement consolé. Surtout que lorsque Joëlle est tombée dans les pommes j'ai dû lui faire un bouche-à-bouche du tonnerre pour la ranimer. Et puis pour joindre l'utile à l'agréable j'en ai profité tandis qu'elle était encore dans les vapeurs pour vider les poches du complet-veston de son père. Dans la vie vous devez être opportuniste sinon vous n'y arrivez pas.

♥

Bien sûr cette idée de parler avec papa comme s'il était devant vous sur le sofa c'était perdu d'avance. Les gens croient que dessous la terre les morts dansent la rumba. Qu'ils reviennent chez vous le soir se faire un poker et boire un whisky. Mais comme tous les morts mon père sous la pelouse du cimetière est plutôt du genre pantouflard et silencieux.

D'ailleurs déjà de son vivant vous aviez de la difficulté à entretenir une conversation avec lui. La ligne était occupée. On sentait qu'il était presque toujours en discussion avec quelqu'un à l'intérieur de lui-même. Au début ma mère s'inquiétait et l'emmenait tous les mois chez le médecin dans l'espoir qu'à l'intérieur de son mari la standardiste interrompe une fois pour toutes la communication. En rouspétant un peu papa avait beau lui dire que pour lui tout allait bien maman prenait un rendez-vous et nous partions tous les trois pour la clinique.

À chaque visite dans son cabinet le médecin donnait un coup de marteau sur les rotules de papa puis il lui écoutait l'intérieur en lui demandant de dire trente-trois. Contrairement à maman cet intérieur-là ne semblait jamais le tracasser beaucoup. Ça ne durait que quelques minutes et il nous renvoyait tous à la maison en disant madame je suis désolé mais votre mari se porte à merveille.

J'aimais ce médecin parce qu'il n'avait pas besoin pour comprendre les gens de leur ouvrir l'estomac ou de leur faire une piqûre. Il vous posait trois ou quatre questions sur le temps qui passe et la vie en général puis il vous inspectait avec son marteau et en moins de deux il savait de quel bois vous étiez fait.

À la fin de la dernière visite il a dit à maman madame ne revenez plus me voir avec votre mari. Évidemment sa mémoire métabolique est un peu particulière mais sinon cet homme n'est pas malade. Simplement c'est un cœur troublé un doux

paniqué un rêveur assiégé par la réalité un misan-
thrope qui a besoin des autres un amoureux qui ne
sait que faire de son intelligence un zèbre pri-
sonnier derrière les barreaux de son propre pelage.
Bref c'est un artiste. Un artiste égaré échoué je ne
sais comment dans la peau d'un comptable. Ces
choses-là arrivent parfois la vie est si mal foutue
allez ne vous en faites plus. Et puis les vrais
malades on les reconnaît de loin vous savez. Les
vrais malades sont tristes et effrayés mais votre
mari lui n'est ni triste ni vraiment effrayé. Il
s'ennuie un peu voilà tout.

En nous reconduisant à la porte il a dit comme
on signe une prescription votre mari aime-t-il les
chiens ? Les chiens font d'excellents compagnons
vous savez. Puis en me désignant du doigt dans
ma poussette il en a remis sur le gâteau en disant
cet enfant aussi serait heureux avec une bonne
bête comme celle-là dans la maison.

Ce médecin c'était un vrai médecin.

♥

Le jour où mon père s'est fait renvoyer du bureau il est allé prendre un coup. En sortant pour cuver son vin il s'est couché sur la voie ferrée derrière la taverne et couic. Le train n'était pas encore stoppé que les anges arrivaient avec leur bagnole.

C'est Scotch qui l'a remplacé auprès de moi. D'accord vous ne remplacez pas aussi facilement votre père mort par un labrador un peu bâtard. Mais au fond ce qui compte chez quelqu'un ce n'est pas tellement qu'il soit homme ou chien. Ce qui compte c'est que la solitude soit matraquée ligotée bâillonnée et jetée par-dessus bord avec une pierre attachée autour du cou.

L'ennui c'est que les chiens meurent beaucoup plus jeunes que nous. Au bout de quelques
années Scotch a commencé à faire sa valise. Vient
un temps où pour les chiens c'en est assez de
ronger des os et de dormir sur les tapis ou entre
les poubelles. Alors chaque jour ils ajoutent
quelque chose à leur bagage. Un caillou un biscuit une vieille pantoufle. Ils se préparent à crever les bougres. Vous regardez ça et ça vous rend
un peu triste. Mais pour Scotch à part une légère
frousse le plus souvent c'était la même insouciance. À son dernier jour il est parti sans rien
déclarer à la douane et sans se retourner. Et surtout sans se soucier de ce qui l'attendait dans la
mort. Il savait bien qu'après le dernier souffle la
scène les coulisses les gradins tout s'éteint.

À mon avis cette valise c'était du bluff. Il
voulait me faire croire que même après la mort
lui et moi on se retrouvera dans une ruelle ou
quelque chose. Pour vous faire plaisir les chiens
sont capables de tout.

♥

Un soir de pluie je croise le curé Verbois dans la rue. Il me dit tiens bonsoir jeune homme. En relevant mon col je dis bonsoir monsieur le curé sale temps pour un chrétien non ? Avec un sourire qui n'en était pas un il a dit oui en effet mais dites-moi.

Pour un type en contact régulier avec Dieu il avait l'air drôlement préoccupé. J'ai dit monsieur le curé vous m'avez l'air drôlement préoccupé. Moi qui croyais qu'en échange de vos bons services Dieu vous réglait vos problèmes au fur et à mesure.

Je disais tout ça pour rigoler mais on voyait qu'il n'était pas dans un bon jour. Il a fait comme s'il n'avait pas entendu puis il a enchaîné en disant dites-moi il me semble qu'on ne vous voit pas souvent à l'église.

C'était donc ça. Il devait revenir d'une soirée chez Dieu et je parie qu'on lui avait refilé la corvée de recrutement.

J'ai dit voui bof enfin j'sais pas. Puis il m'a coupé en ajoutant avez-vous seulement pensé au salut de votre âme jeune homme ?

Ça m'a un peu surpris d'entendre des mots semblables même de la bouche d'un curé. De nos jours Dieu n'a plus beaucoup la cote alors les curés préfèrent parler d'autres choses. Et puis j'avais cru le curé Verbois plus moderne. C'est lui qui après tout avait marié ma mère enceinte à ras bord. C'est lui qui avait baptisé mon demi-frère conçu à l'improviste sur le plancher de la cuisine. J'observais ce curé-là et à ce moment j'ai compris quelque chose. Les gens ont beau diriger le plus souvent leurs souliers vers l'avant rien n'empêche que la nostalgie leur tord le cou tellement elle les force à regarder vers l'arrière. Les gens disent ah la la je vous jure dans le temps la vie était autrement meilleure. Pourtant l'homme des cavernes tirait sa femme par les cheveux et assommait d'innocentes bêtes à coups de massue.

En somme un homme n'est jamais ni tout à fait le gâteau ni non plus la galette que l'on croit. Cet homme-là peut contenir tout à la fois le levain qui fera gonfler la pâte et le poison qui tordra l'estomac des invités.

J'ai fixé le curé Verbois et j'ai dit mon âme? Quelle âme? Il a fait hum et en rajustant son imper il a dit vous savez ce qu'est l'âme au moins n'est-ce pas?

C'est fou comme il pleuvait tout d'un coup. Autour de nous ça tombait tellement que ça faisait des spaghettis entre le ciel et la terre. Au coin de la rue un chien perdu reniflait un poteau.

Je ne disais toujours rien alors il est revenu à la charge. Il a répété eh bien? Savez-vous ce qu'est l'âme jeune homme? Mais il m'embêtait avec ses questions de maître d'école et j'ai dit monsieur le curé pour l'école ça va merci j'ai déjà donné. Il a semblé contrarié et en s'animant un peu il a répondu pour m'éduquer sachez cher ami que l'âme est le principe spirituel de l'homme que l'âme est séparable du corps qu'elle est immortelle et surtout qu'elle est jugée par Dieu.

À ce moment j'ai eu envie de lui dire qu'au tribunal de la jeunesse je connaissais des juges plus justes que Dieu. J'ai eu envie de lui dire tenez par exemple quel juge permettrait que papa crève si jeune et que maman doive prendre la relève comme putain ? Moi si j'étais curé et que je réalisais que Dieu tolère une telle vacherie j'irais voir le pape et dans son bureau je remplirais devant lui mes papiers de démission. Mais bien sûr pour un curé réaliser que Dieu est mort ça donne un sacré coup.

Seulement il faisait froid et de mon côté je n'avais plus tellement envie de poursuivre la conversation. Pour essayer de conclure j'ai dit monsieur le curé si vraiment j'ai une âme et que comme vous dites elle est séparable c'est formidable. Parce que ça me permettrait de la laisser sur ce trottoir à discuter avec vous pendant que mon corps rappliquerait en quatrième vitesse au HLM. Autrement avec toute cette pluie demain je serai le roi des enrhumés.

J'ai dit tout ça très poliment en m'intéressant à lui mais il s'est fâché quand même. Tout dégoulinant sous la flotte il a dit un peu sèchement cessez de blasphémer mon garçon Dieu vous jugera pour cela. Et au lieu de dire des choses semblables vous devriez passer au confessionnal de temps en temps.

Mais j'avais les chaussettes de plus en plus trempées alors j'ai dit quelque chose que j'ai regretté plus tard parce que maman n'aurait pas été fière de son fils. J'ai dit oh et puis on s'en fout de vos histoires.

J'aurais dû rester poli jusqu'au bout mais je ne pensais plus qu'à rentrer. J'en ai rajouté en disant de toute manière j'ai pas d'âme ou si oui alors ce n'est plus une âme c'est une marmotte. Ça dort jour et nuit dans son terrier. Ça ne fait rien ça ne dit rien c'est plus discret qu'un mort sous la pelouse des cimetières. Une âme ? Pfft. Une petite bête c'est tout.

Tout d'un coup le curé Verbois m'a regardé d'un air triste et il a dit pauvre enfant. J'ai dit monsieur le curé sauf votre respect je ne suis plus un enfant mais pour être pauvre ça je suis pauvre.

Puis il a tourné les talons et j'étais content.

Au HLM j'ai sonné chez Joëlle. On s'est assis tous les deux dans l'escalier puis j'ai enlevé mes chaussettes. En attendant que tout le reste sèche aussi on a rigolé pendant une heure en se racontant des blagues idiotes. À la fin on est rentrés chacun chez soi. Plus tard en me mettant au lit j'étais bien et j'ai pensé qu'un chrétien qui sort du confessionnal devait se sentir tout pareil.

♥

L a seule fois où j'ai mis les pieds au bordel les choses ont mal tourné. J'avais douze ans et à cet âge vous manquez encore d'expérience. La vie passe et elle fait son boulot de catastrophe naturelle et vous encaissez c'est tout. Vous n'avez pas encore appris à riposter.

Tout avait bien commencé pourtant. Sur le trottoir la fille me dit si t'as pas l'âge as-tu au moins les sous mon mignon ?

Pour l'argent ça allait parce que le matin même j'avais vidé encore une fois les poches du père de Joëlle. Ce type il conserve tout son salaire de décrochisseur dans les poches de ses vêtements. Heureusement pour moi parce que quant à dévaliser ma mère vous n'y pensez pas. De son côté elle cache son fric dans son soutien-gorge et autres terrains minés. De toute manière je préfère les poches du père de Joëlle. Ça entretient plutôt bien le bon voisinage. Pour connaître à fond quelqu'un faites-lui les poches régulièrement. On peut dire que je connais bien le père de Joëlle depuis que je dévalise en secret ses complets-veston pourris. Entre autres j'ai la liste de toutes les putains qu'il se paye au bordel. Maman n'est pas sur la liste parce qu'alors il ne pourrait plus la traiter de tous les noms quand il la croise dans l'escalier au HLM.

Une fois dans la chambre du bordel la fille me dit quel est ton nom mon mignon ? Je réponds Jérôme Des Ruisseaux douze ans. Sur le coup j'ai eu chaud parce qu'elle aurait pu faire le rapprochement avec maman en disant dis donc mon mignon avec un nom pareil tu serais pas le fils de ta mère par hasard ?

Il faut dire que parmi les putains et aussi dans tout le quartier maman est au moins aussi connue que Saint-Exupéry. Parce que ce n'est pas pour me donner des airs mais elle est diablement bien tournée pour une mère.

Mais je m'inquiétais pour rien et la fille me dit bon mais avec les nombrils humides je ne fais que des trucs à vingt-cinq dollars. J'ai dit okay en ayant l'air de faire ça tous les jours mais en vérité j'avais les rotules en compote. Puis la voilà qui ouvre son corsage et qui déballe tout. À douze ans vous ne vous attendez pas à ce que la vie ressemble aussi peu aux conneries que vous voyez à la télé. En bafouillant j'ai dit euh ex ex excusez-moi j'ai un rôti sur le feu puis j'ai pris mes jambes à mon cou. Par moments la trouille peut faire de vous un sacré sprinter.

♥

À force d'être si poltron je suis encore vierge. C'est chaque fois pareil. Vous vous approchez d'une fille et alors le corps est si bavard que tout à coup son beau-frère le cœur se fâche et crie la ferme le corps maintenant c'est moi qui parle.

Quand le cœur prend la parole dites vos prières. C'est toujours qu'il veut annoncer l'amour qui le suit pas loin derrière en traînant ses savates dans les plates-bandes ou en lançant des cailloux dans les carreaux des fenêtres.

Un matin vous discutez tranquillement avec votre voisine dans l'escalier du HLM et vlouf l'amour vous saute sur le dos comme un lâche. Vous vous débattez comme si vous aviez un lézard sous la chemise mais à quoi bon. Derrière vous sur le palier cent vingt-cinq trompettistes se mettent à vous souffler un twist endiablé dans les oreilles. C'est la foudre qui frappe. Vous êtes fait comme un rat.

♥

Un jour j'ai dit à ma mère pourquoi tu ne te remaries pas? Je sais bien que le mariage est un drôle de cirque mais ce mari ça me ferait un père de remplacement. Et puis avec son salaire ça t'éviterait de faire le trottoir six soirs par semaine. Avec tous ces policiers qui vous traitent comme des traînées toi et tes collègues putains on ne peut plus gagner sa vie tranquillement.

Elle m'a répondu en riant la police j'en fais mon affaire. Quant aux hommes ils sont tous pareils. Alors pourquoi en épouser un deuxième mon chéri?

Ça m'a étonné d'entendre quelqu'un d'aussi intelligent que ma mère dire des sottises semblables. Car enfin les hommes ne sont pas si terribles. D'accord ils sont tous un peu cons mais chez la plupart on peut encore trouver quelques zones non envahies par la bêtise. Les filles doivent accepter ce genre de choses. Après c'est comme pour le ragoût. Vous n'avez qu'à bouffer la viande et dessous la table l'air de rien vous refilez le navet au chien.

Après un silence j'ai dit à maman oui mais comme nouvelle mariée t'aurais qu'à laisser tomber le navet. En rigolant plus fort encore elle s'est approchée et elle m'a serré dans ses bras. Puis en collant sa joue contre la mienne elle m'a dit doucement qu'est-ce que c'est que cette histoire de navet mon chéri ? J'ai dit ben quoi le jour du mariage quand tu dis au curé oui je veux de ce ragoût t'as pas à lui préciser que le chien est sous la table. Le vieux Verbois n'a qu'à te donner sa bénédiction et le reste c'est pas ses oignons.

Mais pour maman l'idée du mariage a été enterrée avec papa au cimetière. Pour elle à présent au HLM il y a Jules et moi et assez souvent aussi Joëlle et c'est suffisant. Maman dit que ce n'est pas exactement une armée mais à nous quatre c'est un bon début pour faire la guerre à la solitude. Pour moi bien sûr ça ne règle pas la question du père de remplacement. Mais qui sait comme dans les recettes peut-être qu'il suffit de prendre une mère une voisine et un demi de bien mélanger et qu'à la fin vous obtenez un père.

♥

Autrement la solitude est toujours là qui vous épie avec sa pelle sur l'épaule. De loin en loin vous essayez de vous mêler à vos semblables mais tout de suite la solitude arrive et creuse un fossé entre vous et les autres. Puis elle remplit tout ça d'une eau trouble et y ajoute quelques piranhas. Parfois vous tendez la main vers les gens mais alors un piranha sort sa gueule grande ouverte de la soupe et c'est heureux s'il vous reste tous vos doigts. Avec le temps forcément vous devenez très prudent dans vos relations avec les gens.

De temps à autre tout de même et malgré le danger les gens deviennent amis. Personnellement ça ne m'est pas arrivé souvent à cause de la méfiance qui me sort de partout comme l'eau d'un boyau pourri. L'amitié et la méfiance font le plus mauvais des mariages. Très tôt après les noces ils se lancent des casseroles à la tête.

Un soir où je rentrais d'une balade un gars de mon âge m'a rejoint sur le trottoir et m'a offert une cigarette. J'ai accepté puis avant même de me tendre son allumette il m'a demandé mon nom et j'ai dit Jérôme Des Ruisseaux treize ans. On a bavardé encore un peu mais comme la conversation et moi c'est zéro au bout d'un moment j'ai dit bon eh ben y'a ma mère qui part tantôt pour sa soirée de travail et comme c'est moi le parrain il faut que je surveille le petit alors salut. Il a posé sa main sur mon épaule et m'a dit eh pourquoi tu pars si vite y'a pas l'feu allez prends une autre cigarette Jérôme. Mais je n'avais pas encore allumé la première et de toute façon ça devenait rudement amical. Déjà j'entendais les piranhas qui clapotaient autour de nous. En élevant la voix j'ai dit espèce de tête de veau t'es sourd ou quoi je rentre c'est tout et cesse de m'embêter sinon je te farcis les narines avec le tabac de tes foutues cigarettes.

Ce n'est pas que je sois violent ni agressif. Seulement depuis le temps j'ai accumulé en banque tellement de méfiance et quand la tirelire casse je deviens infréquentable.

Le gars a reculé d'un pas et il a dit ça va ça va je voulais juste être ton ami faut pas te fâcher Jérôme.

Sans même avoir pris une bouffée j'ai écrasé la cigarette sous mon talon et j'ai continué mon chemin seul. À la maison maman m'a donné en vitesse un baiser sur le front et en dévalant les marches elle a dit veille bien sur ton frère mon chéri. J'essaierai de ne pas rentrer très tard.

J'ai fait une omelette et après souper j'ai pris Scotch et le petit avec moi dans l'escalier. Pendant que Jules se tripotait les orteils j'en ai profité pour rêvasser un moment en regardant la porte là-haut. Puis on est restés là tous les trois à dormir. Dans sa tirelire la méfiance aussi dormait.

Dans l'escalier j'ai rêvé que j'étais un aviateur que Jules était le mécano et Scotch mon copilote. Seulement notre appareil était un vieux coucou et à un moment les gaz ont poussé un peu trop fort. En moins de deux on était tous les trois dans les étoiles en route pour Saturne ou quelque chose. De là-haut on voyait la Terre et aussi un peu le HLM qui s'éloignaient doucement. Plus tard j'ai pris Jules sur mes genoux et pendant longtemps c'est lui qui a tenu le manche à balai. À mes côtés Scotch avait mis ses lunettes et lisait un bouquin de Saint-Exupéry.

Puis je me suis réveillé et j'ai transporté mon demi-frère dans son lit. En éteignant dans sa chambre je nous ai revus tous les trois serrés les uns contre les autres dans le cockpit et je trouvais moche que le plus souvent vous ne rencontriez le bonheur que dans les rêves.

♥

Je ne dis pas que la famille c'est le Pérou. Mais quand une partie du peu de Pérou que vous avez se fait rouler dessus par une locomotive un soir de cuite ça n'arrange rien. Ça ampute. Je ne veux pas jouer les affamés mais quand vous mordez dans la famille vous vous attendez à mastiquer longtemps et à vous remplir l'estomac. Comme famille un demi qui fait ses dents et une mère qui combat la misère sur le trottoir c'est un vrai régime minceur. Cette famille ce n'est pas une famille c'est un fromage gruyère avec ses trous innombrables. Avec une famille comme ça vous sentez toujours un courant d'air et c'est le cœur qui en prend pour son rhume. Le cœur si très jeune on lui a brisé les carreaux plus tard les frissons ne vous lâchent plus. Au HLM même en plein été les calorifères ne suffisent pas.

Un jour dans l'escalier je croise le concierge et je lui dis dites donc vous pourriez pas faire fonctionner ce chauffage central pour une fois? Il me dit l'chauffage c'est pour en hiver p'tit con.

Je n'aime pas qu'on me traite de p'tit con.

Je lui envoie mon soulier dans les rotules et le voilà qui dérape avec ses vadrouilles. Il est encore aplati sur le palier lorsque je descends lui enfoncer son balai dans la bouche. J'en profite pour lui vider les poches avant de détaler.

Ce n'est pas que je sois malfaisant seulement j'ai le réflexe du gangster. Souvent les gangsters agissent comme ils le font pour vous envoyer des signaux. Leurs premières années ont été si pourries que plus tard pour colmater les trous qu'ils ont dans le cœur ils assassinent les gens ou percent les coffres-forts pour dire aux autres eh oh on existe on n'est pas là que comme décoration. En revanche il faut avouer que les gens avant d'être liquidés par les gangsters ne font pas beaucoup d'efforts pour déceler le navire en perdition qui sommeille dans le cœur de ces gangsters-là. De nos jours c'est chacun pour soi. Que votre prochain ait le cœur traversé de courants d'air vous n'en avez rien à faire. Des choses plus importantes vous appellent.

La famille vous préserve du réflexe du gangster. Parce que dans une famille qui se tient rien n'est plus important que d'éviter les courants d'air.

♥

Une nuit je suis monté sur le toit pour prendre l'air. Dans ce HLM c'est toujours la nuit que l'air vous manque. Autour de vous l'obscurité ricane sadiquement parce que dans la soirée elle a réussi à mettre la lumière en boîte. Dans sa prison la lumière étouffe et à force de l'entendre haleter vous suffoquez avec elle parce que rien n'est plus contagieux qu'un asthmatique qui se meurt sous vos yeux. À la fin vous n'y tenez plus et vous allumez une lampe pour lui donner un coup de main et parce que dans la vie il faut toujours aider les plus faibles.

Une fois la lampe allumée l'obscurité se cache dans les garde-robes et les tiroirs. Mais très vite la lumière la sort de là parce qu'entre eux il y a cette vieille querelle et qu'il faut bien régler ses comptes.

C'est d'habitude à ce moment que je me retire et que je monte sur le toit. Je referme derrière moi et là-dedans l'obscurité et la lumière s'entre-tuent pendant quelques heures. Au petit matin quand je reviens l'obscurité agonise sous le lit et c'est tant pis pour elle.

Mais cette nuit-là il s'est passé quelque chose sur le toit. En haut de l'escalier juste avant que j'ouvre la porte quelqu'un a frappé de l'autre côté. En tendant l'oreille j'ai dit qui va là est-ce que c'est ce crétin de concierge ? La porte s'est ouverte et sur le seuil un ange le visage enduit de cambouis m'a dit bonsoir monsieur vous n'auriez pas un tournevis ? J'ai dit nom d'un chien je vous reconnais c'est vous et votre collègue qu'avez ramassé mon père il y a douze ans. Il a dit ah ? tiens c'est possible je ne me souviens pas veuillez m'excuser. Vous n'auriez pas un tournevis s'il vous plaît ? C'est ma voiture qui est en panne et...

Mais il m'embêtait avec son tournevis et ses politesses alors en le bousculant un peu je me suis précipité sur le toit pour voir si papa était dans l'auto. Penché sous le capot un autre ange était en train de déboulonner le radiateur fumant. Je ne voyais mon père nulle part. J'ai regardé tout

autour mais partout ce n'était que le ciel et l'obscurité qui s'était sauvée comme une poltronne par la
fenêtre de ma chambre.

♥

L'ange s'est approché et en désignant son tacot il m'a demandé doucement peut-être désirez-vous vous asseoir quelques instants ? J'ai dit oui et en essayant d'ouvrir la portière la poignée m'est restée dans les mains. Il a eu cet air désolé et il a dit oh ne vous en faites pas ça nous arrive tous les jours avec ce vieux modèle. Mais c'était une décapotable et en une enjambée on arrivait sans peine à embarquer. Pendant ce temps l'autre est resté la tête sous le capot à tenter de dévisser son radiateur. Sur le tableau de bord il y avait un paquet de cigarettes et en pensant à papa j'ai senti une brique monter puis descendre dans ma gorge.

Je suis resté un instant sur la banquette à regarder les étoiles. Au loin on voyait d'autres voitures mais plus récentes qui passaient. Certaines semblaient décorées pour la fête et en tendant l'oreille on entendait les passagers qui chantaient des choses joyeuses. D'autres traversaient le ciel en silence et qui sait à quoi pensaient ces gens derrière les vitres remontées. D'autres encore étaient arrêtées et des anges cassaient la croûte assis sur les pare-chocs. De là-haut ils nous envoyaient la main en souriant et en ne se souciant pas de notre radiateur crevé. Puis beaucoup plus haut en plissant un peu les yeux vous aperceviez des planètes où des garçons et des filles et aussi des chiens se promenaient tranquillement sur les trottoirs. Dans les maisons les gens lisaient le journal écoutaient la télévision ou réparaient la plomberie. En tournant la tête vers la gauche vous ne pouviez rater la Grande Ourse et juste au-dessous le Fer à repasser je crois. À droite c'était encore d'autres astres et d'ici vous aperceviez les camions circuler dans les rues. La nuit était tombée mais partout vous aviez des lampadaires qui s'allumaient pour que les gens puissent flâner encore un moment sur les pelouses. C'était beau et avec tout ce ciel sur la tête vous souhaitiez que demain le soleil ne se lève pas.

À un moment l'ange m'a tiré de ma rêverie et m'a demandé mon nom. En jetant un dernier coup d'œil là-haut j'ai dit distraitement Jérôme

Des Ruisseaux treize ans puis je lui ai renvoyé la question et il a répondu je m'appelle Antoine.

Antoine de Saint-Exupéry.

♥

Les yeux écarquillés j'ai dit tout excité si vous êtes vraiment ce vieux Saint-Exupéry il faut prévenir ma mère tout de suite et lui signer un autographe parce qu'elle a lu et relu cent fois tous vos bouquins. Vos petites histoires ça lui a toujours fait tourner la tête.

En sautant par-dessus la portière j'ai dit ne bougez pas je vais la tirer du lit et je vous la ramène. Puis j'ai pensé à quelque chose et le doute s'est installé dans ma tête alors j'ai repris ma place à ses côtés. Les sourcils froncés j'ai dit attendez une minute. Je croyais que ce type Saint-Exupéry était mort. Maman qui connaît tout de lui m'a raconté qu'un jour le bougre s'est envolé dans son avion et qu'on ne l'a jamais revu.

Mais cet ange on sentait qu'il n'était pas intéressé par la conversation. Bien sûr il restait poli il s'intéressait à vous mais au fond ce qu'il souhaitait vraiment c'était que son collègue rafistole le radiateur pour reprendre la route au plus vite. J'ai regardé mon homme dans les yeux et j'ai dit je sais bien que je n'ai pas le dossier d'un prix Nobel mais j'aimerais que vous ne me preniez pas pour un abruti. Avec vos histoires vous voudriez me faire croire que les morts ressuscitent ou quoi ?

J'avais envie de lui dire que depuis douze ans que je sonnais à la porte comme un livreur de pizza papa n'avait jamais répondu. Mais je commençais à m'emporter et quand vous vous emportez vous préférez lancer des briques à la tête des gens plutôt que des arguments. Et puis j'ai continué parce qu'il n'y a rien comme l'emportement et sa cousine la colère pour faire sortir la vérité de quelqu'un. J'ai dit et d'abord je ne sais pas où ni pourquoi vous emmenez tous ces morts mais de toute manière je m'en fous. Ce qui compte ce n'est pas où vont les morts ni pourquoi. Ce qui compte c'est le moment où vous les embarquez dans votre décapotable de misère. Et si vous voulez le savoir je trouve que mon père vous me l'avez emmené un peu tôt. On n'a pas idée de faire crever les gens si tôt nom d'un chien. C'est que j'avais encore des choses à lui dire à ce père moi. Si encore vous aviez attendu que je sois un peu plus habitué à vivre. Avec le temps à force de parler aux chiens on a moins besoin de parler aux gens. On s'habitue à vivre. Mais à un an les habitudes ne sont pas encore prises.

Pour la finale j'étais carrément debout sur la banquette. En le menaçant de mon index j'ai hurlé et je vais encore vous dire une bonne chose moi. Avant d'emmener les gens se promener dans les étoiles vous devriez consulter la famille. Parce que la famille ça compte monsieur l'ange. La famille ça vous aide monsieur l'ange. Ça vous aide à supporter que votre père ne réponde pas quand vous appuyez sur la sonnette. Ça vous aide à supporter que les chiens meurent comme des vieillards à dix-sept ans. Ça vous aide à supporter les conversations qui ne décollent pas. Ça vous aide à supporter les HLM crasseux et la misère qui ne dort que d'un œil et la trouille et le réflexe du gangster et la mémoire métabolique et aussi la nuit qui se querelle avec le jour. Ça vous aide à supporter Dieu qui s'entête à ne pas exister et les policiers les directeurs et les concierges. Mettez-vous bien ça dans la tête à la fin monsieur l'ange. Même si ce n'est pas le Pérou la famille c'est un sacré poteau où s'attacher les jours de grands vents.

Pour un type nul en conversation je m'étonnais moi-même. Mais aussi la colère vous fait tant sortir de vous-même qu'à la fin c'est un autre que vous qui parle. Vous lancez des briques à la tête des gens et pour ne pas être gêné dans vos mouvements vous sortez de votre habit de tous les jours. En somme la colère vous met à nu. Ce n'est qu'après la tempête quand l'ennemi agite le drapeau blanc que vous reprenez votre défroque familière.

En réfléchissant il a sorti une cigarette du paquet et m'en a offert une. Ça m'a calmé un peu et j'ai voulu faire quelques ronds de fumée mais à la première bouffée il y a eu cette rébellion dans mes poumons. Je me suis mis à tousser et à cracher comme un furieux. Couché sur la moquette j'ai crié entre deux quintes ouah fils de Satan extrait de curé enfant de flic vieux hibou pervers tu veux m'empoisonner c'est ça hein ?

Il s'est agité un peu et il a dit en me tapotant le dos mais non mais non qu'allez-vous croire là allons respirez à fond voyons. L'autre a lâché son radiateur et est arrivé en se tenant la tête d'un air catastrophé et en gémissant. Il criait mais qu'est-ce qui se passe mais qu'est-ce qui se passe ?

Leur assassinat manqué ils croyaient peut-être m'amadouer mais je me suis relevé j'ai sauté par-dessus bord et j'ai couru vers l'escalier en les insultant de tous les noms. Tout autour les piranhas s'en donnaient à cœur joie. Ça m'apprendra à garder verrouillée la tirelire de la méfiance. Certains jours je suis vraiment le dernier des p'tits cons.

♥

L e jour où Scotch est mort les cigales chantaient des chansons tristes dans les branches.

Ce jour-là j'ai pris l'autobus en emportant
dans un sac mon chien endormi pour de bon.
Arrivé tout au bout du quartier j'ai débarqué et je
l'ai enseveli dans une ruelle sous un tas de détritus. J'étais triste et pour les vidangeurs j'ai écrit à
la craie sur une planche sous ce tas repose mon
ami s'il vous plaît ne pas déranger. J'ai mis la
planche sur la tombe et j'ai fait un salut militaire
comme les soldats le font à la télé quand les
présidents meurent. Puis je suis resté là un
moment à essayer de faire le vide dans ma tête.

C'est qu'il fallait bien trouver un peu de place pour toute cette tristesse qui me remplissait le cœur. Le corps est un logis. En somme la cuisine était pleine et j'essayais de faire passer le tout au salon.

Une fois la tristesse bien installée dans le crâne je me suis mis à penser au curé Verbois. Je me disais que s'il était là le curé Verbois ferait sûrement une prière et pour essayer je me suis mis à genoux sur le tas de détritus. J'ai fermé les yeux et j'ai joint les mains en m'imprimant l'image de Scotch dans le ciboulot. Il fallait être drôlement triste pour imiter à ce point le curé Verbois et jouer les chrétiens de la sorte. Une fois l'image bien imprimée j'ai attendu mais rien n'est venu que la pluie et j'ai dû courir comme un fou pour me mettre à l'abri. De mon abri en essorant ma chemise j'ai regardé un moment le ciel parce que le curé Verbois dit toujours de se tourner vers le ciel quand vous désirez quelque chose d'impossible. Ce n'est pas que je croyais fermement à ces sottises seulement quand vous désirez très fort quelque chose vous êtes prêt à tout. Personnellement je désirais très fort que Scotch revienne à la vie. Mais j'avais souhaité la même chose déjà pour papa et comme ma bouteille à la mer était restée sous les flots j'étais plutôt sceptique pour mon chien.

À ce moment précis j'aurais voulu que le curé Verbois soit avec moi sous cet abri. Malgré mes efforts il aurait bien vu que du ciel ne venait que de l'eau rien que de l'eau aussi bien dire du vent.

♥

Au retour dans l'autobus je braillais comme une fontaine. La dame assise à mes côtés m'a dit avec une voix de crevette mais pourquoi pleures-tu mon garçon ? J'ai dit c'est pas la peine de prendre ta voix de fruit de mer et si je braille c'est pas tes oignons. Elle a dit encore allez mon enfant sèche tes larmes allez. J'ai répondu d'abord je ne suis pas ton enfant pas même ton demi alors fous-moi la paix.

Je sais bien qu'il faut entretenir la conversation avec les gens et aussi qu'il faut s'intéresser à eux et qu'il faut être gentil mais toutes ces manières c'était trop pour un homme qui rentre de funérailles. J'ai dit en ce moment j'ai la cuisine et le salon farcis de tristesse alors faut pas m'embêter.

Quand la tristesse vous envahit l'intérieur vous sentez que l'homme des cavernes n'est jamais loin. En moins de deux vous redevenez ce type velu et grognant qui règle tout avec sa massue. J'ai été pris de remords et pour m'excuser j'ai dit à la dame si je réponds avec une massue c'est que la tristesse m'empêche de m'intéresser à toi et à tes conneries. Elle s'est tue enfin puis elle s'est approchée et m'a caressé les cheveux. Ça m'a rappelé mon chien et en braillant toujours comme une truite j'ai dit ça me rappelle mon chien. Elle a ri mais sans méchanceté et elle s'est approchée un peu plus et ça sentait bon le parfum quand elle a collé ma tête contre son épaule. Ça m'a fait du bien et avec moins de larmes et en pensant à maman j'ai dit tu sens la putain ça fait du bien. En entendant ça les gens sur les autres bancs tout autour se sont retournés vers nous mais que le diable les emporte.

Je suis resté le nez dans son châle tout le voyage. À l'arrêt je me suis levé et j'ai dit bon c'est pas tout j'ai mon demi-frère qui m'attend vu que ma mère est au bordel ce soir. La dame a demandé comment s'appelle-t-il ton frère ? J'ai dit Jules Des Ruisseaux huit mois. Mais cette question ce n'était pas une question. C'était juste une politesse pour me distraire comme toutes les politesses.

♥

Quand je suis entré au HLM maman et Joëlle s'amusaient sur le plancher de la cuisine avec Jules. Sur le coup je me suis senti ingrat parce qu'en les voyant tous les trois qui riaient dans la lumière du soleil couchant j'ai complètement oublié mon chien. Pourtant le matin même quand je l'avais trouvé raide mort c'était comme si vous m'aviez coupé le bras. C'est bizarre. On vous coupe un bras le matin mais le soir vous n'y pensez plus parce que vous réalisez qu'il vous en reste un autre. Au fond peut-être vous reste-t-il toujours quelque chose.

Dans la cuisine autour du petit c'était la joie. Puis la joie s'est changée en bonheur et ça remplissait tellement les lieux que j'ai dû ouvrir la fenêtre pour en déverser un peu à l'extérieur. Ça débordait de partout. En bas cet idiot de concierge tondait la pelouse et il a tout reçu sur le crâne. Il s'est arrêté d'un seul coup. Il a coupé le moteur de son engin puis il s'est appuyé à la clôture pour fumer sa pipe tranquillement. Dans l'herbe les sauterelles sautillaient à tout casser. De leur côté les grillons se berçaient en riant sur des chaises vermoulues et ça faisait cric cric. Le soir commençait à tomber et le concierge regardait le ciel comme s'il n'avait jamais vu ça. L'horizon était rose et avec la terre et le ciel au-dessus et au-dessous ça faisait un sacré sandwich.

Maman et Joëlle cajolaient le petit en ricanant comme des loutres. C'est triste à dire mais en treize ans je n'avais jamais vu autant de bonheur dans l'appartement. J'étais moi-même assez secoué.

Mais aussi quand vous voyez ce petit qui gazouille sur le plancher de la cuisine que voulez-vous. Le béton se fissure autour du cœur. Les bambins en général me tuent. Qu'ils pleurent ou qu'ils babillent et je me bouche les oreilles avec mes chaussettes. Pourtant quand Jules crie pour sa pâtée c'est de la musique. Il peut bien brailler à s'en déraciner les poumons. Qu'il hurle et qu'il crache. Pour moi ce sera toujours comme la chanson des chiens quand ils jappent pour vous dire aime-moi bougre d'humain.

♥

En rêve cette nuit-là j'ai vu Scotch au paradis des chiens. L'atmosphère était calme dans sa niche et à la porte il y avait cette rutilante machine distributrice de biscuits. Scotch était là couché et ronflant dans le soleil du matin. À un moment une fourmi pressée arrive hésite un peu puis se décide. Elle lui monte sur le dos puis rejoint le sol de l'autre côté.

Drôle de raccourci.

♥

Deux jours plus tard pour la première fois en douze ans je suis retourné au cimetière de papa. Après vous être cogné le nez pendant des années sur tant de portes verrouillées il est utile parfois de revenir là où vous avez perdu vos clefs.

Il faisait beau et je me suis assis sur le banc près de la tombe. Sur ce banc des gens très vieux venaient s'asseoir pour souffler un moment avant de poursuivre leur promenade parmi leurs morts. De leur côté les jeunes gens ne semblaient pas tellement intéressés à venir flâner au cimetière. C'est normal. Quand vous pétez de santé et que la jeunesse vous colle à la peau il vaut mieux vous intéresser à des choses plus de votre âge comme l'argent ou le sexe. Mais plus vieux vous prenez l'habitude de venir ici les dimanches pour vous préparer. Comme on commence par glisser un orteil dans l'eau de la piscine pour éviter la crise cardiaque. En ce qui me concerne d'accord à treize ans je ne suis pas encore exactement centenaire. Mais dans mes premières années la pauvreté l'absence de papa et d'autres embêtements ont très vite fait pousser des cheveux blancs à mon enfance.

En avalant mon sandwich sur le banc je pensais à cette couche de terre qui sépare les morts des vivants et je trouvais dommage que malgré la minceur de ce mur on n'entendait jamais rien chez les voisins. Ce n'est pas comme au HLM où vous n'avez qu'à tendre l'oreille pour écouter vivre les autres locataires. En somme ce n'est pas que la vie et la mort soient si séparées l'une de l'autre. Seulement à la différence du tapage que font sans cesse les êtres vivants personne n'est plus discret qu'un mort. Au fond les vivants que nous sommes ne sauraient dire s'ils vivent vraiment s'il n'y avait pas le vacarme des camions qui passent ou des marteaux-pilons qui fouillent le béton.

Vivre c'est faire du boucan.

D'autres gens vieux comme la lune sont arrivés. Pour être poli mais surtout parce que tant de vieillesse attroupée me flanquait la trouille je me suis levé pour leur laisser le banc. Avant de partir j'ai collé mon oreille sur la pelouse de mon père. Puis en faisant un mégaphone avec mes mains j'ai crié eh oh ici Jérôme papa tu m'entends là-dessous nom d'une pipe ? J'ai attendu mais on n'entendait que les camions et les ouvriers qui démolissaient les trottoirs et tout cela ne venait que de ce côté-ci de la terre.

Sur le banc les vieux me regardaient silencieusement en ayant l'air de dire il est cinglé ce garçon. En me relevant j'ai dit au lieu de rester là en silence vous devriez taper du pied hurler siffler crier des slogans chahuter quoi. Mais on voyait qu'ils étaient résignés et que comme pour beaucoup de vieillards le silence avait commencé à s'installer chez eux c'est dire comme ils avaient déjà un pied dans la tombe.

♥

Treize ans durant vous portez une armure. Chaque matin vous huilez les articulations et vous sortez de la maison. Autour de vous les gens tombent comme des mouches à cause de la vie qui leur tire dessus à gros boulets. Ça sent le roussi mais vous survivez. Et puis les pompiers sont toujours là pour vous attraper quand vous sautez en bas des toits. Bref tout va bien.

Un jour votre mère rentre de l'hôpital avec un paquet. Elle l'ouvre et vous vous penchez au-dessus encore tout grinçant dans votre quincaillerie. La première fois que j'ai touché les doigts minuscules de mon demi-frère un orchestre est sorti du frigo pour jouer une rumba. Dehors les rats ont déserté pour un moment les rues du quartier pour venir chanter des chansons rigolotes sous les fenêtres du HLM. Ce jour-là mon armure est tombée dans un vacarme terrible sur le linoléum. Depuis j'ai bien tenté de rapiécer tout ça mais à la fin c'est trop pour un seul homme.

En somme je suis cuit.

♥

Hier soir Joëlle est restée pour m'aider à sur-
veiller le petit. Puis vers une heure du
matin maman est rentrée. Avant d'aller dormir
on s'est assis un moment tous les trois autour de
la table pour prendre un biscuit avec du lait et on
a parlé encore un peu de Scotch et de papa et
aussi de la mère de Joëlle. C'était émouvant et ça
tombait assez mal parce que lorsque vous avez la
gorge nouée à ce point les biscuits ne passent
plus aussi facilement. À la fin Joëlle est rentrée
chez elle et plus tard en me mettant au lit je
pensais à tous ces gens qui crèvent sans même
avoir eu le temps d'avaler un biscuit ou deux le
soir avec vous. C'est curieux mais à force d'avoir

tous ces morts dans la tête ça m'a fait penser encore plus à Jules à Joëlle et à ma mère.

Quand maman est venue m'embrasser sur le front je lui ai dit dans l'oreille comme enfant je suis cuit. Mais comme parrain comme voisin et comme fils ça devrait aller.

Rosemère, décembre 1997